D0869033

NUNCA, NUNCA

NUNCA, NUNCA

Colleen Hoover

Tarryn Fisher

1

 Planeta

Título original: *Never, Never*
Publicado originalmente por CreateSpace Independent Publishing Platform

Traducción: Eloy Pineda
Diseño de portada: Sarah Hansen / Okay Creations

© 2015, Colleen Hoover and Tarryn Fisher

Derechos mundiales exclusivos en español
Publicados mediante acuerdo con Dystel & Goderich Literary Management,
One Union Square West, Suite 904, Nueva York, NY 10003-4793, USA y
Jane Rotrosen Agency LLC, 318 East 51st Street, Nueva York, NY 10022, USA.

© 2017, Editorial Planeta Mexicana, S.A. de C.V.
Bajo el sello editorial PLANETA M.R.
Avenida Presidente Masarik núm. 111, Piso 2
Colonia Polanco V Sección
Deleg. Miguel Hidalgo
C.P. 11560, Ciudad de México
www.planetadelibros.com.mx

Primera edición: febrero de 2017
ISBN: 978-607-07-3763-3

Impreso en los talleres de Litográfica Ingramex, S.A. de C.V.
Centeno núm. 162-1, colonia Granjas Esmeralda, Ciudad de México
Impreso y hecho en México − *Printed and made in Mexico*

*Este libro está dedicado a todos,
excepto a Sundae Colletti.*

Un estrépito. Varios libros caen al piso de linóleo moteado. Se dispersan unos metros, arremolinándose en círculos, y se detienen cerca de unos pies. Mis pies. No reconozco las sandalias negras ni las uñas rojas, pero se mueven cuando les ordeno que lo hagan, así que deben ser mías. ¿Verdad?

Suena una campana.

Ruidosa.

Salto y mi corazón se acelera. Mis ojos se mueven de izquierda a derecha mientras reconozco el entorno, tratando de no delatarme.

«¿Qué tipo de campana fue esa? ¿Dónde estoy?».

Varios muchachos con mochilas al hombro entran con ánimo al salón, hablan y ríen. «Una campana escolar». Se deslizan en los escritorios, sus voces compiten por hacerse oír. Veo movimiento ante mis pies y brinco por la sorpresa. Alguien está agachado, recogiendo los libros del piso; una chica de cara enrojecida y lentes. Antes de ponerse de pie, me mira con algo parecido al miedo y después se escabulle. Hay gente riendo. Cuando observo alrededor, pienso que se ríen de mí, pero es a la muchacha de lentes a quien miran.

—¡Charlie! —grita alguien—. ¿No viste eso? —Y luego—, Charlie… ¿tienes algún problema…? Hey.

Mi corazón está latiendo de prisa, demasiado de prisa. «¿Dónde estoy? ¿Por qué no puedo recordar?».

—Charlie —susurra alguien más.

Miro alrededor.

«¿Quién es Charlie? ¿Cuál de ellos es Charlie?».

Hay demasiados jóvenes: con pelo rubio, con pelo alborotado o castaño, con lentes, sin lentes…

Un hombre entra cargando un portafolios. Se sienta ante el escritorio.

«El maestro. Estoy en un salón de clases y él es el maestro. Preparatoria o universidad», supongo.

Me levanto de pronto. Estoy en el lugar equivocado. Todos se encuentran sentados, pero yo estoy de pie… caminando.

—¿Adónde va, señorita Wynwood? —El maestro me está mirando por encima del armazón de sus lentes, levanta los ojos de una pila de papeles que revisa. Los golpea con fuerza sobre el escritorio y me sobresalto. Yo debo ser la señorita Wynwood.

—¡Tiene calambres! —grita algún compañero.

Los demás estallan en carcajadas. Siento un escalofrío que sube por mi espalda y se arrastra hasta la parte superior de mis brazos. Se están riendo de mí, pero yo no sé quiénes son estas personas.

—Cállate, Michael. —Suena la voz de una chica.

—No sé —digo, escuchando mi voz por primera vez. Es demasiado aguda. Aclaro mi garganta y pruebo de nuevo—. No lo sé. No debería estar aquí.

Hay más risas. Miro alrededor: los carteles en la pared, las caras de los expresidentes acompañadas con fechas debajo. «¿Clase de historia? ¿Preparatoria?».

El maestro ladea la cabeza como si yo hubiera dicho la cosa más tonta del mundo.

—¿Y en qué otro lugar se supone que debe estar el día del examen?

—Yo… no lo sé.

—Siéntese —ordena.

No sé adónde iría si saliera, así que me doy la vuelta para regresar. La chica de los lentes levanta los ojos para verme mientras paso junto a ella. Aparta la vista con la misma rapidez.

En cuanto me siento, el profesor empieza a repartir hojas. Camina entre los escritorios y su voz parece un zumbido plano mientras nos indica qué porcentaje de nuestra calificación final representa el examen. Cuando llega a mi lugar, hace una pausa, un pliegue profundo se marca entre sus cejas:

—No sé lo que intenta hacer. —Presiona la punta de un gordo dedo índice en mi escritorio—. Lo que sea, ya me cansó. Una payasada más y la envío a la oficina del director. —Azota el examen frente a mí y avanza en la fila.

No muevo la cabeza para asentir, no hago nada más. Trato de decidir qué hacer. Anunciar a todo el salón que no tengo idea de quién soy o dónde estoy... o llamar aparte al maestro y decírselo en voz baja. Él me advirtió que no quería más payasadas. Fijo la vista en la hoja que tengo enfrente. El resto de mis compañeros está inclinado sobre sus exámenes, arrastrando los lápices.

HISTORIA
CUARTO PERIODO
PROFESOR DULCOTT

Hay una línea para escribir un nombre. Se supone que debo poner el mío, pero no sé cuál es. Él me llamó Señorita Wynwood.

¿Por qué no reconozco mi propio nombre?

O *dónde* estoy.

O *quién* soy.

Todas las cabezas están sobre las hojas, excepto la mía. Volteo al frente. El señor Dulcott me mira desde su escritorio. Cuanto más pasa el tiempo, más roja se pone su cara.

Transcurren los minutos, sin embargo, mi mundo se ha detenido. Al final, el señor Dulcott se levanta con la boca abierta; cuando está apunto de decirme algo, suena la campana.

—Pongan sus hojas sobre mi escritorio mientras salen —sentencia con los ojos todavía fijos en mi cara.

Todos se amontonan rumbo a la puerta. Yo me levanto y los sigo porque no sé qué más hacer. Mantengo la vista en el suelo, pero puedo sentir la ira del profesor Dulcott. No comprendo por qué está furioso conmigo. Al salir, me encuentro en un corredor con casilleros alineados a ambos lados.

—¡Charlie! —exclama alguien—. ¡Charlie, espérame! —Un segundo después, un brazo se entrelaza con el mío. Espero que sea la chica de los lentes; no sé por qué. No es ella. Pero ahora sé que soy Charlie. Charlie Wynwood—. Se te olvidó tu bolsa —me dice, entregándome una mochila blanca. La tomo, preguntándome si habrá en el interior una cartera con una licencia de conducir. Ella mantiene su brazo en el mío mientras caminamos. Es más baja de estatura que yo; tiene el pelo largo, oscuro, y los ojos cafés, inocentes, que ocupan la mitad de su cara. Es atractiva.

—¿Por qué actuabas tan extraño allá? —pregunta—. Tiraste los libros del Camarón al suelo de un golpe y luego los regaste.

Puedo oler su perfume; me es familiar aunque me resulta demasiado dulce, como un millón de flores compitiendo por atraer la atención. Pienso en la chica de los lentes, la mirada en su rostro mientras se agachaba para recoger sus libros. Si yo hice eso, ¿por qué no lo recuerdo?

—Yo...

—Es hora del almuerzo, ¿por qué vas para allá? —Me conduce por un corredor diferente: dejamos atrás a más estudiantes. Todos me miran… disimuladamente. Me pregunto si me conocen, y por qué *yo* no me conozco. No sé por qué no le comento a la chica con quien camino o al señor Dulcott, o por qué no elijo a alguien al azar y le confieso que no sé quién soy ni adónde voy. Cuando estoy considerando seriamente la idea, atravesamos un conjunto de puertas dobles y llegamos a la cafetería. Ruido y color; cuerpos que tienen un olor único; luces fluorescentes y brillantes que hacen que todo parezca feo. «Dios mío». Aprieto mi blusa.

La muchacha colgada de mi brazo balbucea algo. Andrew esto, Marcy aquello. A ella le gusta Andrew y odia a Marcy. No sé quiénes son. Me acorrala para dirigirnos a la fila de la comida. Compramos ensalada y Coca-Cola de dieta. Luego deslizamos nuestras charolas sobre una mesa. Ya hay algunas personas sentadas allí: cuatro muchachos y dos chicas. Me doy cuenta de que estamos completando un grupo de parejas. Cada chica está sentada al lado de un muchacho. Todos voltean a verme, a la expectativa, se supone que debo decir o hacer algo. El único lugar que queda es junto a un chico de pelo oscuro. Me siento lentamente, con ambas manos sobre la mesa. Los ojos de él se clavan como dardos sobre mí, para luego girarse sobre su charola de comida. Puedo apreciar unas finas gotitas de sudor en su frente, justo debajo del nacimiento de su cabello.

—Ustedes dos son tan extraños a veces —dice otra chica, rubia, a mi otro lado. Me ve a mí y luego al chico que está sentado a mi lado.

Él levanta la mirada de sus macarrones y me doy cuenta de que sólo está moviendo las cosas de un lado a otro en su plato. No ha probado ni un bocado, a pesar de lo ocupado que parece. Me mira y yo hago lo mismo, luego posamos los ojos de vuelta en la rubia.

—¿Pasó algo que debamos saber? —pregunta ella.

—No —respondemos al unísono.

Es mi novio. Lo sé por la manera en que nos tratan. De pronto, me sonríe con sus dientes que brillan de tan blancos y estira la mano para pasarla sobre mis hombros.

—Estamos muy bien —dice, apretando mi brazo.

Me tenso automáticamente, pero al sentir seis pares de ojos sobre mi cara, me inclino y sigo el juego. Es aterrador no saber quién eres y, aún más, pensar que estás haciendo todo mal. Ahora estoy asustada, realmente asustada. Las cosas están yendo demasiado lejos. Si digo algo ahora parecerá… una locura. Por lo pronto, su trato afectuoso hace que todos se relajen. Todos excepto… él. Regresan a la conversación; todas las palabras se entremezclan: futbol americano, una fiesta, más futbol. El chico sentado a mi lado ríe y se une a la charla, sin apartar nunca su brazo de mis hombros. Lo llaman Silas. Y a mí me llaman Charlie. La chica de pelo oscuro y ojos grandes es Annika. Me pierdo del nombre de los demás entre el ruido.

El almuerzo llega a su fin y todos nos levantamos. Camino junto a Silas o, más bien, él camina junto a mí. No tengo idea de adónde vamos. Annika viene a mi lado, de nuevo con sus brazos entrelazados con el mío, conversa sobre la práctica de porristas. Está logrando que sienta claustrofobia. Cuando llegamos a un anexo en el pasillo, me inclino y le hablo de modo que sólo ella pueda oír.

—¿Puedes encaminarme a la clase que sigue?

Su cara se torna seria. Se aparta para comentarle algo a su novio y luego nuestros brazos vuelven a entrelazarse.

Me doy vuelta hacia Silas.

—Annika va a encaminarme a la próxima clase.

—Está bien —dice él. Parece aliviado—. Te veo… después. —Se aleja en dirección opuesta.

Annika me pregunta en cuanto él queda fuera de vista.

—¿Adónde va?

Me encojo de hombros.

—A clase.

Ella sacude la cabeza como si estuviera confundida.

—No los comprendo. Un día están muy juntos y al siguiente actúan como si no soportaran estar en el mismo cuarto. De verdad necesitas tomar una decisión sobre él, Charlie.

Se detiene afuera de un salón de clases.

—Este es mi… —digo, para ver si ella protesta. No lo hace.

—Llámame después —me pide—. Quiero saber lo que pasó anoche.

Muevo la cabeza para asentir. Cuando desaparece entre el mar de caras, entro en el salón. No sé dónde sentarme, así que camino hasta la última fila y me deslizo en un lugar junto a la ventana. Aún es temprano, así que abro mi mochila. Hay una cartera metida entre un par de libretas y una bolsa de maquillaje. La saco, la abro y encuentro una licencia de conducir con la foto de una chica de pelo oscuro, radiante. *Yo.*

CHARLIZE MARGARET WYNWOOD.
2417 HOLCOURT WAY,
NUEVA ORLEANS, LA.

Tengo diecisiete años de edad. Mi cumpleaños es el 21 de marzo. Vivo en Luisiana. Observo con detenimiento la fotografía de la esquina superior izquierda y no reconozco mi rostro. Es mi cara, pero nunca la he visto. Soy… bonita. Sólo tengo veintiocho dólares.

Los asientos empiezan a ocuparse. El que se encuentra junto a mí permanece vacío, como si todos tuvieran demasiado miedo de sentarse allí. Estoy en clase de español. La maestra es joven y bonita, la llaman señora Cardona. Ella no me mira con odio, como tantas otras personas. Empezamos con los tiempos verbales.

«Yo no tengo pasado».

«Yo no tengo pasado».

Cinco minutos después, la puerta se abre. Silas entra con la vista hacia el suelo. Creo que está aquí para decirme o traerme algo. Me preparo para fingir, pero la señora Cardona hace una broma acerca de su retraso. Él toma el único asiento disponible, junto a mí, y posa los ojos directamente al frente. Lo miro. No dejo de mirarlo hasta que finalmente voltea a verme. Una línea de sudor resbala por un lado de su cara.

Tiene los ojos muy abiertos.

Muy abiertos… «igual que los míos».

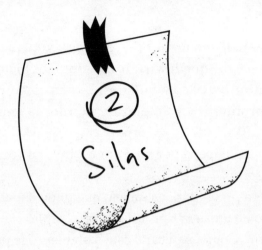

2

Silas

«Tres horas».

Han pasado casi tres horas y mi mente todavía está entre neblina.

No, no una neblina. Ni siquiera una niebla densa. Se siente como si estuviera caminando en un cuarto completamente negro, buscando el interruptor de la luz.

—¿Estás bien? —pregunta Charlie.

La miro durante varios segundos, tratando de recuperar la familiaridad de una cara que en apariencia debería ser la más conocida para mí.

«Nada».

Ella baja la vista hacia su escritorio y su pelo grueso y negro cae entre nosotros como una cortina. Quiero verla mejor. Necesito algo de qué sostenerme, algo conocido. Quiero predecir una marca de nacimiento o una peca en su cara antes de verla; necesito reconocer algo. Me aferraré a cualquier parte de ella que me convenza de que no estoy enloqueciendo.

Levanta la mano, por fin, y recoge su pelo detrás de la oreja. Se me queda viendo con dos ojos bien abiertos y en definitiva poco familiares. La arruga entre sus cejas se profundiza y empieza a morder la yema de su pulgar.

Está preocupada por mí. Por nosotros, tal vez.

«Nosotros».

Quiero preguntarle si sabe lo que pudo haberme pasado, pero no quisiera asustarla. ¿Cómo explicarle que no la conozco? ¿Cómo explicarle esto a alguien? He pasado las últimas tres horas tratando de actuar con naturalidad. Al principio, estaba seguro de haber usado algún tipo de sustancia ilegal que me habría hecho perder el conocimiento, pero esto es diferente a un desmayo. Es totalmente diferente a estar drogado o borracho, y no tengo idea siquiera de cómo lo sé. No recuerdo nada más allá de las últimas tres horas.

—Hey… —Charlie estira una mano como si fuera a tocarme, luego la retira—. ¿Te sientes bien?

Tomo la manga de mi camisa y me limpio el brillo húmedo de la frente. Cuando le devuelvo la mirada, contemplo la preocupación que aún llena sus ojos. Me esfuerzo para que mis labios formen una sonrisa.

—Estoy bien —murmuro—. Fue una larga noche.

En cuanto lo digo, me encojo. No tengo idea qué clase de noche fue y, si esta chica sentada a mi lado realmente es mi novia, entonces una frase como esa tal vez no resulte muy tranquilizadora.

Detecto un pequeño tic nervioso en su ojo, ella ladea la cabeza y me cuestiona:

—¿Por qué fue una larga noche?

«Carajo».

—Silas. —La voz proviene del frente del salón. Levanto la vista—. Silencio —dice la maestra.

Continúa con la clase, sin preocuparse demasiado sobre mi reacción tras llamarme la atención. Vuelvo a ver a Charlie, brevemente, y de inmediato regreso los ojos hacia mi escritorio. Mis dedos siguen los nombres tallados en la madera. Sé que aún me mira, lo percibo, pero me quedo estático. Volteo mi mano y paso dos dedos por los callos que recorren la parte interior de mi palma.

«¿Trabajo? ¿Podo el césped para ganarme la vida?».

Tal vez sea por el futbol americano. Durante el almuerzo usé mi tiempo en observar a todos a mi alrededor y así logré saber que tengo práctica de futbol esta tarde. No sé a qué hora o en qué lugar, pero de alguna manera he podido sobrevivir las últimas horas sin saber dónde o a qué hora se supone que debo estar. Tal vez no tenga ningún tipo de recuerdo ahora, pero estoy aprendiendo que soy muy bueno para fingir. Demasiado bueno, quizá.

Giro mi otra mano y encuentro los mismos callos ásperos en esa palma.

«Quizá vivo en una granja».

No, no puede ser.

No comprendo cómo lo sé, pero aún sin ser capaz de recordar, parece que tengo un sentido inmediato para descubrir cuáles suposiciones son adecuadas y cuáles no. Podría ser un mero proceso de eliminación, más que intuición o memoria. Por ejemplo, no me parece que alguien que vive en una granja vestiría la ropa que traigo puesta. Ropa bonita. «¿A la moda?». Si alguien me preguntara si mis padres son ricos, al ver mis zapatos contestaría: «Claro que sí». Y no sé cómo, porque no recuerdo a mis padres.

No sé dónde vivo, con quién, o si me parezco más a mi madre o a mi padre.

Ni siquiera sé cuál es mi aspecto.

Me levanto con brusquedad, empujo mi pupitre unos centímetros. Todos en el salón voltean a verme, excepto Charlie, porque ella no ha dejado de hacerlo desde que me senté. Sus ojos no son inquisitivos. Son acusadores.

La maestra no parece sorprendida en absoluto por perder la atención de todos debido a mi culpa. Sólo se queda parada, complaciente, esperando a que anuncie el motivo de la súbita interrupción.

Trago saliva.

—Voy al baño. —Mis labios están pegajosos, la boca seca. Mi mente parece naufragar. No espero a que me dé permiso para dirigirme en esa dirección. Puedo sentir las miradas de todos mientras empujo la puerta para salir.

Sigo derecho y llego al final del corredor sin encontrar el baño. Regreso por donde vine, paso junto a la puerta del salón y camino hasta dar vuelta en la esquina y encontrar el baño. Empujo la puerta con la esperanza de encontrarme solo, pero alguien está de pie en el orinal, de espaldas a mí. Me dirijo hacia el lavabo, pero no me veo en el espejo. Fijo la vista en el lavabo, colocando mis manos en ambos lados, afianzándome con fuerza. Inhalo.

Si tan sólo pudiera mirarme, tal vez mi reflejo despertaría algún recuerdo, o tal vez me daría una leve sensación de reconocimiento. Algo. Cualquier cosa.

El sujeto que estaba parado en el orinal segundos antes ahora está junto a mí, recargado contra un lavabo, con los brazos doblados. Me está mirando. Tiene el pelo tan rubio que casi parece blanco. Su piel es tan pálida que me recuerda a una medusa; casi transparente.

«¿Puedo recordar el aspecto de una medusa, pero no tengo idea de lo que encontraré cuando me vea en el espejo?».

—Estás hecho una mierda, Nash —dice con una sonrisa afectada.

«¿Nash?». Todos los demás me han llamado Silas. Nash debe ser mi apellido. Revisaría mi cartera, pero no hay ninguna en mi bolsillo. Sólo unos cuantos billetes. La cartera fue una de las primeras cosas que busqué después…, bueno, después de que sucedió.

—Me siento un poco mal —refunfuño como respuesta.

Durante unos segundos el tipo no responde. Sólo sigue mirándome de la misma forma en que Charlie lo hacía en clase, pero con menos preocupación y un poco más de suficiencia. Sonríe y se empuja en el lavabo. Se para derecho, aun así mide unos dos centímetros menos que yo. Da un paso adelante y deduzco por la expresión en sus ojos que no se ha acercado a mí porque esté preocupado por mi salud.

—Aún no hemos arreglado lo del viernes por la noche —me advierte—. ¿A eso viniste aquí ahora? —Las aletas de su nariz vibran cuando habla y sus manos caen a los costados, las aprieta y las abre dos veces.

Sostengo un debate de dos segundos conmigo mismo, en silencio, consciente de que si me echo para atrás, pareceré un cobarde. Sin embargo, también estoy al tanto de que si me adelanto, lo estaré desafiando a algo que no me quiero enfrentar justo ahora. Obviamente tiene problemas conmigo y con cualquier cosa que haya hecho el viernes por la noche que lo hizo enfurecer.

Llego a la solución intermedia de no mostrar reacción alguna. «No demuestres que te afecta».

Perezosamente, desplazo mi atención al lavabo y doy vuelta a una de las llaves hasta que un chorro de agua empieza a escurrir de ella.

—Guárdalo para el campo —digo.

De inmediato quiero retirar esas palabras. No había considerado que tal vez él no juega futbol americano. Supuse que lo hace por su estatura; si no, mi comentario no tendrá ni una pizca de sentido. Contengo el aliento y espero que me corrija o me grite.

No sucede lo uno ni lo otro.

Me mira por unos segundos más y luego me empuja con el hombro al pasar junto a mí, lanzándome a propósito rumbo a la puerta. Acomodo las manos debajo del chorro de agua y tomo un sorbo. Me limpio la boca con el dorso de la mano y levanto la vista. Para contemplarme a mí mismo. A Silas Nash.

Y para el caso, ¿qué maldita clase de nombre es ese?

Estoy mirando, sin emoción, un par de ojos oscuros que me resultan totalmente desconocidos. Siento como si estuviera ante dos ojos que nunca antes he visto, a pesar de que, con toda seguridad, he observado esos ojos todos los días desde que tuve la edad suficiente para alcanzar un espejo.

Estoy tan familiarizado con esta persona del reflejo como con la chica que es (de acuerdo con un sujeto llamado Andrew) la mujer con la que me he estado acostando desde hace dos años.

Estoy tan familiarizado con esta persona del reflejo como con cada aspecto de mi vida justo ahora.

No me resultan familiares en absoluto.

—¿Quién eres? —susurro en dirección al personaje que tengo frente a mí.

La puerta del baño comienza a abrirse lentamente, mis ojos se mueven de mi reflejo al de la puerta. Aparece una mano que la sostiene. Reconozco el barniz rojo y brillante en sus uñas. «La chica con la que me he estado acostando desde hace dos años».

—¿Silas?

Me doy vuelta para quedar frente a ella mientras se asoma por la puerta, trato de erguirme lo más posible. Cuando sus ojos se encuentran con los míos, lo hacen sólo por un par de segundos. Ella aparta la vista, explorando el resto del baño.

—Estoy solo —digo.

Asiente y atraviesa por completo la puerta, aunque titubea en extremo. Deseo saber cómo hacerla sentir segura, cómo lograr que crea que todo está bien, para que no abrigue más sospechas. También deseo tener algún recuerdo de ella o de cualquier cosa de nuestra relación, porque quiero decírselo. Necesito decírselo. Necesito que alguien más lo entienda, para poder hacer preguntas.

Pero ¿cómo le dice un chico a su novia que no tiene idea de quién es ella? ¿De quién es él mismo?

«No se lo dice. Finge, tal como ha estado fingiendo con todos los demás».

Cientos de preguntas silenciosas inundan sus ojos en un instante y de inmediato quiero evadir todas.

—Estoy bien, Charlie. —Sonrío, porque siento que es algo que debo hacer—. Sólo siento un poco de malestar. Regresa a clase.

No se mueve.

No sonríe.

Se queda donde está, sin verse afectada por mi sugerencia. Me recuerda uno de esos animales con resortes, de los parques. De los que se empujan pero sólo rebotan y regresan a su lugar. Siento que si la empujara por los hombros, se inclinaría hacia atrás, con los pies firmes, y luego rebotaría de nuevo a donde está ahora.

No recuerdo cómo se llaman esos juegos, pero tomo nota mental de que los recordé de alguna manera. He tomado una gran cantidad de notas mentales en las últimas tres horas:

Voy en último año de bachillerato.

Me llamo Silas.

Nash podría ser mi apellido.

Mi novia se llama Charlie.

Juego futbol americano.

Sé qué aspecto tienen las medusas.

Charlie ladea su cabeza y la comisura de su boca se tuerce ligeramente. Sus labios se separan y, por un momento, todo lo que escucho son respiraciones nerviosas. Cuando finalmente forma palabras, quiero ocultarme de ellas. Quiero decirle que cierre los ojos y cuente hasta veinte, para correr y llegar tan lejos que no pueda oír su pregunta.

—¿Cuál es mi apellido, Silas?

Su voz es como humo. Suave, débil y luego se diluye.

No puedo decir si es extremadamente intuitiva o si estoy haciendo un trabajo terrible para encubrir el hecho de que no sé nada. Por un momento, me debato entre si debo decírselo o no. Si se lo digo y me cree, podría responderme muchas de las preguntas que tengo. Pero si se lo digo y no me cree...

—Bebé —digo con una risa desdeñosa. «¿Normalmente le digo bebé?»—. ¿Qué tipo de pregunta es esa?

Ella levanta el pie que yo podía asegurar que tenía pegado al piso, y da un paso al frente. Da otro. Sigue hacia mí hasta que queda a unos treinta centímetros de distancia; tan cerca que puedo percibir su aroma.

«Lilas».

Huele a lilas; no sé cómo puedo tener presente el olor de las lilas, pero no recuerdo a la persona real que está parada frente a mí y que huele a ellas.

Sus ojos no se han apartado de mí, ni una vez.

—Silas —dice—. ¿Cuál es mi apellido?

Muevo mi quijada hacia adelante y atrás, y luego me doy vuelta para quedar de frente al lavabo una vez más. Me recargo en el mueble de baño y lo aprieto con fuerza con ambas manos. Poco a poco levanto los ojos hasta que encuentro los suyos en el reflejo.

—¿Tu apellido? —Mi boca se seca de nuevo y mis palabras salen chirriando.

Ella espera.

Aparto la vista de ella y regreso a los ojos del tipo desconocido en el espejo.

—Yo... no lo recuerdo.

Charlie desaparece del reflejo, seguida de inmediato por un fuerte ruido como de palmada. Me recuerda el sonido que hacen los pescados en el Pikes Place Market cuando alguien los lanza y otro los atrapa en papel encerado.

¡Smack!

Me doy vuelta y está tirada en el piso de mosaico, con los ojos cerrados y los brazos extendidos. De inmediato me arrodillo y levanto su cabeza, pero en cuanto la subo varios centímetros del suelo, sus pestañas empiezan a parpadear para abrir los ojos.

—¿Charlie?

Aspira una bocanada de aire y se incorpora. Se aparta de mis brazos y me empuja, casi como si me tuviera miedo. Mantengo mis manos en posición, cerca de ella, por si trata de levantarse, pero no lo hace. Permanece sentada en el piso con las palmas presionadas contra el mosaico.

—Te desmayaste —le digo.

Ella frunce el ceño en mi dirección.

—Estoy consciente de eso.

No digo más. Probablemente debería saber el significado de todas sus expresiones, pero no. No sé si está asustada, enojada o…

—Estoy confundida —dice ella, sacudiendo la cabeza—. Yo… Puedes… —Hace una pausa y luego trata de ponerse de pie. Me levanto con ella, pero me doy cuenta de que no le gusta esto por la manera en que observa mis manos, que están ligeramente levantadas, esperando atraparla en caso de que vuelva a caerse.

Da dos pasos para apartarse de mí y cruza un brazo sobre su pecho. Levanta la otra mano y comienza a morder de nuevo la yema de su pulgar. Me estudia en silencio por un momento, luego saca el dedo de su boca y cierra el puño.

—No sabías que teníamos clase juntos después del almuerzo —pronuncia cada palabra con una capa de acusación—. No sabes mi apellido.

Muevo la cabeza de un lado a otro, admitiendo las dos cosas que no puedo negar.

—¿Qué puedes recordar? —pregunta ella.

Está asustada. Nerviosa. Suspicaz. Nuestras emociones son reflejo del otro, es entonces cuando la claridad nos golpea.

Tal vez ella no se siente familiarizada. Tal vez yo no me siento familiarizado. Pero nuestras acciones (nuestro comportamiento) son exactamente iguales.

—¿Qué recuerdo? —repito su pregunta, en un intento de conseguir unos pocos segundos para permitir que mis sospechas se afiancen.

Ella espera mi respuesta.

—Historia —digo, tratando de hacer memoria hasta donde puedo—. Libros. Vi que una chica dejó caer sus libros. —Me agarro el cuello y aprieto.

—Dios mío. —Da un paso rápido hacia mí—. Esa es... es la primera cosa que yo recuerdo.

Mi corazón salta hacia mi garganta.

Ella empieza a sacudir la cabeza.

—No me gusta esto. No tiene sentido. —Charlie parece tranquila..., más tranquila de lo que yo me siento. Su voz es firme. El único rastro de miedo que veo está en el blanco dilatado de sus ojos. La acerco hacia mí sin pensarlo, pero creo que es más para mi propio alivio que para tranquilizarla. Ella no se aparta, y por un segundo me cuestiono si esto es normal para nosotros. Me pregunto si estamos enamorados.

Aprieto el abrazo hasta que siento que se pone tensa contra mí.

—Necesitamos resolver esto —dice, apartándose.

Mi primera reacción es decirle que estará bien, que lo resolveré. Estoy inundado por una abrumadora necesidad de protegerla…, sólo que no tengo idea de cómo hacerlo cuando los dos estamos experimentando la misma realidad.

La campana suena, señalando el final de la clase de español. Dentro de unos segundos, probablemente alguien entrará por la puerta del baño. Los casilleros se abrirán y cerrarán de golpe. Tendremos que descubrir qué clases se supone que siguen. Le tomo la mano y la jalo detrás de mí mientras empujo la puerta para abrirla.

—¿Adónde vamos? —pregunta.

La miro hacia atrás y me encojo de hombros.

—No tengo idea. Sólo sé que me quiero ir de aquí.

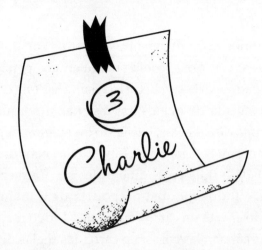

3

Charlie

Este tipo, Silas, me toma de la mano como si me conociera y me arrastra detrás de él como a una niñita. Y
así me siento (como una niñita en un mundo muy, muy
grande). No comprendo nada y tampoco reconozco
nada. Todo lo que puedo pensar, mientras me lleva a
través de los pasillos de alguna preparatoria anónima,
es que me desmayé; me hundí como una damisela en
peligro. Y en el baño de los hombres. «Asqueroso».
Evalúo mis prioridades, preguntándome cómo mi cerebro
puede pensar en los gérmenes si evidentemente enfrento un problema mucho mayor, cuando salimos de golpe
al rayo del sol. Me protejo los ojos con la mano que
tengo libre mientras este sujeto, Silas, saca unas llaves
de su mochila. Las sostiene por arriba de su cabeza y da
un giro completo, mientras aprieta el botón de la alarma
del llavero. De algún rincón del estacionamiento escuchamos el pitido de una alarma.

Corremos hacia él, mientras nuestros zapatos golpean el concreto con prisa, como si alguien nos persiguiera. Y en realidad, podría ser. El carro resulta ser una camioneta. Me doy cuenta de que es impresionante porque destaca por encima de los otros, haciendo que parezcan pequeños e insignificantes. Una Land Rover. Silas conduce el carro de su papá o flota en el dinero de este. Tal vez no tiene papá. De todos modos, no podría decírmelo. ¿Cómo sé cuánto cuesta un carro como este? Tengo recuerdos de cómo funcionan las cosas: un carro, las reglas de tránsito, conozco los nombres de los presidentes, pero no sé quién soy.

Me abre la puerta mientras mira sobre su hombro hacia la escuela, y tengo el presentimiento de que me está jugando una mala pasada. Podría ser el responsable de esto. Tal vez me dio algo para que perdiera la memoria temporalmente y ahora sólo está fingiendo.

—¿Esto es real? —pregunto, suspendida sobre el asiento del copiloto—. ¿No sabes quién eres?

—No —dice—. No lo sé.

Le creo. Más o menos.

Me hundo en mi asiento.

Busca mis ojos por un momento más largo antes de azotar la puerta y rodear corriendo hacia el lado del conductor. Me siento desgastada. Como después de una noche de copas. ¿Bebo? Mi licencia dice que sólo tengo diecisiete años de edad. Me muerdo el pulgar mientras él sube y enciende el motor al presionar un botón.

—¿Cómo es que sabes hacer eso? —lo cuestiono.

—¿Hacer qué?

—Encender el carro sin una llave.

—Yo... no lo sé.

Miro su cara mientras nos vamos del lugar. Pestañea mucho, me mira más, pasa la lengua sobre su labio inferior. Cuando estamos en un semáforo, encuentra el botón «Casa» en el GPS y lo oprime. Me impresiona que haya pensado en eso.

—Cambiando de dirección —dice la voz de una mujer.

Quiero perderme, saltar del carro en movimiento y correr como un venadito asustado. Tengo miedo.

Su casa es grande. Observamos que no hay carros en el camino de entrada mientras permanecemos en la cuneta, con el motor ronroneando casi en silencio.

—¿Estás seguro de que es tu casa? —pregunto.

Se encoge de hombros.

—Parece que no hay nadie más —dice—. ¿Crees que debamos entrar?

Muevo la cabeza de arriba abajo. No debería tener hambre, pero la tengo. Quiero entrar y comer algo, tal vez investigar nuestros síntomas, ver si tuvimos contacto con alguna bacteria que devora el cerebro y nos ha robado nuestros recuerdos. Una casa como esta debe tener un par de *laptops* en algún lugar. Silas da vuelta en el camino de entrada y se estaciona. Baja tímidamente; mira alrededor a los arbustos y los árboles, como si fueran a cobrar vida. En su llavero encuentra una llave que abre la puerta del frente. Mientras permanezco detrás de él y espero, lo estudio. Su ropa y su pelo le dan el aspecto de un tipo despreocupado, pero la posición de sus hombros indica que, en efecto, está preocupado. Huele a exterior: pasto, pino y tierra negra de cultivo. Está a punto de girar la manija de la puerta.

—¡Espera! —le grito.

Se da vuelta lentamente, a pesar de la urgencia en mi voz.

—¿Qué tal si hay alguien allí?

Sonríe, tal vez es una mueca.

—Quizá puedan decirnos qué demonios está pasando…

Entonces nos encontramos en el interior. Permanecemos inmóviles un minuto, analizando lo que tenemos alrededor. Me escondo detrás de Silas como una cobarde. No hace frío pero estoy temblando. Todo es pesado e impactante (los muebles, el aire, la bolsa de libros que cuelga de mi hombro como peso muerto). Silas avanza. Yo aprieto la parte de atrás de su camisa mientras bordeamos el vestíbulo y entramos en la sala. Vamos de un cuarto a otro, pero nos detenemos para examinar las fotografías en las paredes. Un padre y una madre sonrientes, bronceados, con los brazos alrededor de dos chicos alegres, de pelo oscuro, con el océano en el fondo.

—Tienes un hermano menor —digo—. ¿Sabías que tenías un hermanito?

Él sacude la cabeza, «no». Las sonrisas en las fotos se vuelven más escasas a medida que Silas y su hermanito, idéntico a él, se van haciendo mayores. Hay mucho acné y *brackets*, los padres que se esfuerzan mucho por parecer alegres, mientras jalan a un par de niños con los hombros tiesos hacia ellos. Pasamos a las recámaras…, a los baños. Levantamos libros, leemos etiquetas en las botellas de medicinas de color café que encontramos en los botiquines. Su madre conserva flores secas por toda la casa: presionadas en los libros de su mesita de noche, en su cajón del maquillaje y alineadas en los anaqueles de su recámara. Toco cada una, susurrando sus nombres en voz baja. Recuerdo los nombres de todas las flores. Por alguna razón, esto me hace sonreír. Silas se detiene de golpe cuando entra en el baño de sus padres y me encuentra doblada de risa.

—Lo siento —digo—. Tuve uno de esos momentos.

—¿Qué tipo de momento?

—Uno en que me di cuenta de que he olvidado todo sobre mí, pero sé lo que es un jacinto.

Él asiente.

—Claro. —Baja la vista para ver sus manos; se forman pliegues en su frente—. ¿Crees que deberíamos decirle a alguien? ¿Ir al hospital?

—¿Piensas que nos creerían? —pregunto.

Nos vemos a los ojos. Contengo el impulso de preguntar una vez más si me está jugando una mala pasada. No es eso. Es demasiado real.

A continuación pasamos al estudio de su padre, revisamos papeles y buscamos en los cajones. No hay nada que nos diga por qué estamos así, nada fuera de lo común. Sigo analizándolo de cerca por el rabillo del ojo. Si se trata de una mala pasada, es muy buen actor. «Tal vez es un experimento», pienso. Soy parte de algún experimento psicológico del gobierno y voy a despertar de pronto en un laboratorio. Silas también me mira. Sus ojos se clavan en mí, preguntando…, valorando. No hablamos mucho. Sólo: «Mira esto» o «¿Crees que esto sea importante?».

Somos extraños y hay pocas palabras entre nosotros.

El cuarto de Silas es el último al que nos dirigimos. Él aprieta mi mano mientras entramos y lo permito porque estoy empezando a sentirme mareada de nuevo. Lo primero que veo es una foto de nosotros sobre su escritorio. Llevo un disfraz: un tutú con estampado de leopardo demasiado corto y unas alas de ángel negras que se extienden elegantemente detrás de mí. Mis ojos están cubiertos con unas pestañas gruesas y brillantes. Silas se encuentra vestido todo de blanco, con alas blancas. Se ve guapo. «El bien contra el mal», pienso. ¿Es este el tipo de juego que representamos en la vida? Él me mira y eleva las cejas.

—Mala elección de disfraz. —Me encojo de hombros.

Me lanza una sonrisa y luego nos movemos hacia lados opuestos de la habitación.

Levanto los ojos a las paredes, donde hay fotografías enmarcadas de personas: un indigente desgarbado contra una pared que sostiene una cobija a su alrededor; una mujer sentada en una banca, llorando, con las manos en el rostro; una gitana que aprieta su propio cuello con la mano mientras mira la lente de la cámara con ojos vacíos. Las fotografías son macabras. Hacen que me quiera apartar; me siento avergonzada. No comprendo por qué alguien querría tomar una foto de cosas tan tristes, y aparte preocuparse de colgarlas en su habitación para verlas todos los días.

Al darme la vuelta veo la costosa cámara colocada sobre el escritorio. Está en un lugar de honor, encima de una pila de libros sobre fotografía de brillantes páginas. Miro adonde Silas se encuentra estudiando las fotos. Un artista. ¿Es su trabajo? ¿Está tratando de reconocerlo? No tiene caso preguntar. Sigo revisando, miro su ropa, busco en los cajones del elegante escritorio de caoba.

Me siento tan cansada. Estoy por sentarme en la silla del escritorio cuando él parece animarse de pronto, me hace señas.

—Mira esto —dice.

Me levanto con lentitud y camino a su lado. Está mirando la cama destendida. Sus ojos brillan y parecen... ¿sorprendidos? Los sigo hacia las sábanas y entonces mi sangre se enfría.

—Oh, Dios mío.

Aparto el cobertor para tener una mejor vista del desorden al pie de la cama. Manchas de lodo seco acumuladas en la sábana. Cuando la jalo, se desprenden pedazos y caen rodando al suelo.

—¿Eso es...? —Charlie deja de hablar y arranca de mi mano la esquina superior de la sábana, la arroja al suelo para tener una mejor vista de lo que hay debajo de ella—. ¿Eso es sangre?

Sigo sus ojos, que suben por la sábana hacia la cabecera de la cama. Junto a la almohada hay una mancha fantasma de la huella de una mano. De inmediato bajo la vista a mis manos.

Nada. No hay rastros de sangre o de lodo en lo absoluto.

Me arrodillo junto a la cama y coloco mi mano derecha sobre la huella en el colchón. Es una coincidencia perfecta. O imperfecta, dependiendo de cómo se vea. Los ojos de Charlie se apartan, casi como si no quisiera saber si la huella me pertenece o no. El hecho de que sea mía sólo se suma a la lista de interrogantes. Tenemos tantas preguntas acumuladas en este momento que se siente como si la pila estuviera a punto de colapsar y enterrarnos con todo, menos las respuestas.

—Probablemente es mi propia sangre —le digo. O tal vez me lo digo a mí mismo. Trato de desechar cualquier idea que esté evolucionando en su cabeza—. Tal vez me caí afuera, anoche.

Siento como si estuviera excusándome por alguien que no soy yo. Siento como si me estuviera disculpando en nombre de un amigo mío. Este tipo, Silas. Alguien que definitivamente no soy yo.

—¿Dónde estuviste anoche?

No es una pregunta real, sólo algo que ambos estamos pensando. Jalo tanto la sábana de arriba como el cobertor y los extiendo sobre la cama para ocultar el desorden. La evidencia. Las pistas. Lo que sea, tengo que cubrirlo.

—¿Qué significa esto? —pregunta ella, dándose la vuelta para enfrentarme.

Sostiene una hoja de papel. Me acerco a ella y la tomo de sus manos. Parece como si la hubieran doblado y desdoblado demasiadas veces: hay un pequeño agujero desgastado al centro. La frase a lo largo de la página dice: «Nunca te detengas. Nunca olvides».

Dejo caer el papel sobre el escritorio; lo único que quiero es sacarlo de mis manos. Se siente como si fuera también evidencia. No quiero tocarlo.

—No sé lo que significa.

Necesito agua. Es lo único de lo que recuerdo el sabor. Tal vez porque no tiene.

—¿Tú lo escribiste? —me enfrenta ella, exigiendo una respuesta.

—¿Cómo puedo saberlo? —No me gusta el tono de mi voz. Sueno agraviado. No quiero que piense que me siento ofendido por ella.

Charlie se voltea y camina de prisa hacia su mochila. Revuelve el interior y saca una pluma, luego regresa hacia mí y la coloca en mi mano.

—Cópialo —ordena.

Miro la pluma, girándola entre mis dedos. Corro mi pulgar por las palabras que tiene grabadas.

WYNWOOD-NASH FINANCIAL GROUP

—Ve si tu letra coincide —dice.

Invierte la página al lado en blanco y la empuja hacia mí. La veo a los ojos, me pierdo en ellos por un momento. Luego me pongo furioso.

Odio que ella piense primero en estas cosas. Sostengo la pluma en mi mano derecha. No se siente bien. La cambio a la izquierda y se acomoda mejor. «Soy zurdo».

Escribo las palabras de memoria y, después de que ella le echa una mirada a mi letra, volteo la hoja.

La letra es diferente. La mía es afilada, concisa. La otra es suelta y descuidada. Charlie toma la pluma y escribe las palabras.

Coincide perfectamente. Ambos miramos la hoja en silencio, inseguros de que siquiera signifique algo. Podría carecer de significado. Podría significarlo todo. La tierra en mis sábanas podría significar todo. El hecho de que podamos recordar cosas básicas pero no personas podría significar todo. La ropa que visto, el color de su barniz de uñas, la cámara en mi escritorio, las fotografías en la pared, el reloj sobre la puerta, el vaso de agua medio vacío encima de la mesa... Me doy vuelta para considerar cada detalle. Todo podría significar todo.

O todo podría significar absolutamente nada.

No sé qué incluir en mi catálogo mental y qué ignorar. Si tan sólo pudiera quedarme dormido, despertar mañana y ser completamente normal de nuevo.

—Tengo hambre —dice ella.

Me mira; algunos de sus cabellos se interponen entre mis ojos y una vista completa de su cara. Es hermosa, pero de una manera que me avergüenza. Una forma que no estoy seguro de apreciar. Todo en ella es cautivante, como las secuelas de una tormenta. Se supone que la gente no debe gozar con la destrucción de la que es capaz la madre naturaleza, pero de todos modos queremos mirarla. Charlie es la devastación que deja la estela de un tornado.

¿Cómo sé eso?

Justo ahora se ve en extremo calculadora, con esa mirada que dirige hacia mí. Quiero levantar mi cámara y tomarle una foto. Algo da vueltas en mi estómago, no estoy seguro si es por los nervios, el hambre o por mi reacción ante la chica parada junto a mí.

—Bajemos —le digo. Estiro la mano para tomar su mochila y se la entrego. Agarro la cámara del escritorio—. Comeremos mientras revisamos nuestras cosas.

Camina enfrente de mí, se detiene ante cada fotografía que hay entre mi cuarto y el final de las escaleras. En cada una, ella pasa su dedo sobre mi cara, sólo mi cara. La observo mientras trata de descubrir quién soy a través de las fotografías. Quiero decirle que pierde su tiempo. Quien sea que esté en esas fotos, no soy yo.

En cuanto llegamos al pie de las escaleras, una corta explosión de gritos asalta nuestros oídos. Charlie se detiene de golpe y yo choco contra su espalda. El grito pertenece a una mujer que está parada en la puerta de la cocina.

Tiene los ojos bien abiertos, nos mira alternativamente. Tiene la mano en el corazón y exhala con alivio.

Ella no aparece en una sola de las fotografías. Es rolliza y de edad avanzada, tal vez tiene más de sesenta años. Lleva un delantal que dice: «Yo puse la "boca" en los bocadillos».

Tiene el pelo peinado hacia atrás, se pasa la mano por los cabellos grises sueltos, mientras expulsa el aire con calma.

—¡Por Dios, Silas! ¡Casi me matas del susto! —Se da vuelta y se dirige a la cocina—. Ustedes dos mejor regresen a la escuela antes de que tu padre lo descubra. Yo no voy a mentir por ustedes.

Charlie todavía está paralizada enfrente de mí, así que coloco una mano en la parte baja de su espalda y la empujo con suavidad hacia delante. Ella me mira por encima del hombro.

—¿Tú la...?

Niego con la cabeza, interrumpiéndola. Estaba por preguntarme si conozco a la mujer que está en la cocina. La respuesta es no. No la conozco, no conozco a Charlie, no conozco a la familia de las fotos.

Lo que sí reconozco es la cámara que tengo en las manos. La miro, meditando cómo puedo recordar todo lo relacionado con la operación de esta cámara, pero no cómo lo aprendí. Sé cómo ajustar el ISO. Sé cómo controlar la velocidad del obturador para dar a una cascada el aspecto de un arroyo suave, o hacer que cada gota de agua destaque por sí misma. Esta cámara tiene la capacidad de enfocar hasta el más mínimo detalle, como la curva de la mano de Charlie o las pestañas sobre sus ojos, mientras todos sus demás rasgos salen de foco. De alguna manera conozco las ventajas y desventajas de esta cámara mejor de lo que conozco el sonido de la voz de mi propio hermano menor.

Paso la correa alrededor de mi cuello y dejo que la cámara cuelgue sobre mi pecho mientras sigo a Charlie hacia la cocina. Ella camina con un propósito. Hasta ahora he llegado a la conclusión de que todo lo que hace tiene un propósito. Cada paso que da parece planeado. Cada palabra que dice es necesaria. Cada vez que sus ojos se posan en algo, se enfoca en ello con todos sus sentidos, como si con la mirada pudiera determinar cómo sabe, huele, suena o se siente algo. Y sólo mira las cosas cuando hay una razón. Pasa por alto los pisos, las cortinas, las fotografías del pasillo en las que no aparece mi cara. No desperdicia el tiempo en cosas que no le parecen útiles.

Es por eso que la sigo cuando entra en la cocina. No estoy seguro de cuál es su propósito. O busca conseguir más información del ama de llaves o está a la caza de comida.

Charlie toma asiento ante la enorme barra de la cocina, jala la silla próxima a ella y le da una palmada sin mirarme. Me siento y coloco mi cámara enfrente de mí. Ella deja su mochila sobre el mostrador y empieza a correr el cierre.

—Ezra, me estoy muriendo de hambre. ¿Hay algo de comer?

Todo mi cuerpo gira hacia Charlie, pero siento como si mi estómago estuviera en algún lugar del suelo, debajo de mí. «¿Cómo sabe su nombre?».

Charlie me mira mientras sacude rápidamente su cabeza.

—Tranquilo —me susurra—. Está escrito allí.

Señala una nota (una lista de compras) que se encuentra enfrente de nosotros. Es una hoja de papel membretado color rosa, con gatitos alineados en la parte inferior de la página. Arriba de la hoja, el membrete dice: «Cosas que Ezra necesita hacer de *in-miau-dato*».

La mujer cierra una alacena y ve de frente a Charlie.

—¿Te dio hambre mientras estaban arriba? Porque en caso de que no lo sepan, sirven almuerzos en la escuela donde ambos deberían estar ahora mismo.

—Quieres decir, *in-miau-datamente* —digo sin pensarlo.

Charlie estalla en risas, y eso provoca que yo también me ría. Se siente como si alguien finalmente hubiera aireado el lugar. Ezra, menos divertida, eleva los ojos al techo. Me hace preguntarme si yo solía ser simpático. También sonrío porque el hecho de que no parezca confundida porque Charlie la llamara Ezra significa que Charlie tenía razón.

Estiro mi mano y la paso por la nuca de Charlie. Se sobresalta cuando la toco, pero se relaja casi de inmediato cuando se da cuenta de que es parte de nuestra actuación. «Estamos enamorados, Charlie. ¿Te acuerdas?».

—Charlie no se sentía bien. La traje aquí para que pudiera dormir la siesta, pero no ha comido. —Regreso mi atención a Ezra y sonrío—. ¿Tienes algo para que mi chica se sienta mejor? ¿Alguna sopa o tal vez unas galletas?

La expresión de Ezra se suaviza cuando ve el afecto que le muestro a Charlie. Toma una toalla de mano y la echa sobre su hombro.

—Te diré qué, Char. ¿Qué tal si te hago mi especialidad de queso asado? Era tu favorito cuando solías visitarnos.

Mi mano se pone rígida contra la nuca de Charlie. «¿Cuando solías visitarnos?». Ambos nos miramos, más preguntas nublan nuestros ojos. Charlie asiente.

—Gracias, Ezra —dice.

Ezra cierra la puerta del refrigerador con su cadera y empieza a echar cosas en el mostrador. Mantequilla. Mayonesa. Pan. Queso. Más queso. Queso parmesano. Coloca una charola en la estufa y enciende la hornilla.

—Te haré uno también, Silas —dice Ezra—. Debes haber pescado cualquier bicho que tenga Charlie, porque no me habías hablado tanto desde que llegaste a la pubertad. —Lanza una risita tras su comentario.

—¿Por qué no te hablo?

Charlie me da un empujoncito en la pierna y entorna los ojos. No debí preguntar eso.

Ezra desliza el cuchillo en la mantequilla y extrae una tajada de ella. La extiende por el pan.

—Oh, tú sabes —comenta, encogiéndose de hombros—. Los niños crecen. Se vuelven hombres. Las amas de llaves dejan de ser la tía Ezra y vuelven a ser tan sólo amas de llaves. —Su voz suena triste ahora.

Hago una mueca, no me gusta descubrir este lado mío. No quiero que Charlie lo conozca.

Mis ojos regresan a la cámara que tengo frente a mí. La enciendo. Charlie empieza a buscar entre las cosas de su mochila, las inspecciona una tras otra.

—Ujú —dice.

Está sosteniendo un teléfono. Me inclino sobre su hombro y miro la pantalla con ella, mientras coloca el interruptor en la posición «encendido». Hay siete llamadas perdidas y aún más mensajes de texto, todos de «Mamá».

Abre el último mensaje, enviado apenas tres minutos antes.

Mamá
Tienes tres minutos para regresarme la llamada.

Supongo que no pensé en las ramificaciones de irnos de pinta. Las consecuencias con los padres que ni siquiera recordamos.

—Debemos irnos —le digo.

Ambos nos paramos al mismo tiempo. Ella se cuelga la mochila al hombro y yo agarro mi cámara.

—Esperen —dice Ezra—. Ya casi está hecho el primer sándwich. —Se dirige hacia el refrigerador y saca dos latas de Sprite—. Esto les ayudará con su estómago.

Me entrega ambos refrescos y luego envuelve el queso asado en una toalla de papel. Charlie ya está esperando en la puerta de entrada. Cuando estoy a punto de alejarme de Ezra, ella aprieta mi muñeca. La encaro de nuevo y sus ojos pasan alternativamente de Charlie a mí.

—Es bueno verla de regreso aquí —menciona Ezra en voz baja—. Me preocupaba que todo lo que pasó entre los padres de ambos los hubiera afectado a ustedes dos. Tú amas a esa chica desde antes de que pudieras caminar.

Me le quedo mirando, inseguro de cómo procesar la información que acabo de recibir.

—Antes de que pudiera caminar, ¿eh?

Ella sonríe como si conservara uno de mis secretos. Quiero que me lo regrese.

—Silas —dice Charlie.

Lanzo un guiño a Ezra y me dirijo hacia Charlie. En cuanto llego a la puerta, el estridente timbre de su teléfono la hace saltar y este se cae de sus manos, directo al piso. Se agacha para recogerlo.

—Es ella —dice al incorporarse—. ¿Qué debo hacer?

Abro la puerta y la tomo por el codo para conducirla afuera. Una vez que la puerta está cerrada, la miro de nuevo. El teléfono va por su tercer timbrazo.

—Debes responder.

Ella observa el teléfono, lo aprieta con fuerza. No responde, así que estiro la mano y le doy un golpecito para contestar. Charlie arruga la nariz y me mira mientras lo lleva a su oído.

—¿Bueno?

Empezamos a caminar hacia el carro, escucho en silencio las frases entrecortadas que surgen de su teléfono. «Tú lo sabes bien», «Irse de pinta» y «¿Cómo pudiste?». Las palabras siguen brotando de su teléfono, hasta que ambos terminamos sentados en mi carro con las puertas cerradas. Enciendo el motor y la voz de la mujer se queda en silencio por varios segundos. De pronto, la voz empieza a tronar en las bocinas del auto. «*Bluetooth*. Recuerdo lo que es *Bluetooth*».

Coloco las bebidas y el sándwich en la consola del centro y empiezo a retroceder por el camino de entrada. Charlie aún no ha tenido la oportunidad de responder a su madre, pero entorna los ojos cuando la miro.

—Mamá —dice Charlie llanamente, tratando de interrumpirla—. Mamá, voy camino a casa. Silas me está llevando a mi carro.

Un largo silencio sigue a las palabras de Charlie y, de alguna manera, su madre es mucho más intimidante cuando no está gritando a través del teléfono. Cuando empieza a hablar de nuevo, sus palabras salen lentas y con una pronunciación excesivamente cuidada.

—Por favor, dime que no permitiste que esa familia te comprara un carro.

Nuestros ojos se encuentran y Charlie mueve la boca como si dijera la palabra mierda.

—Yo… no. No, quiero decir que Silas me está llevando a casa. Estaré allí en unos minutos —Charlie se hace bolas con el teléfono, tratando de regresar a una pantalla que le permita terminar la llamada.

En el volante, presiono el botón para colgar y la termino por ella.

Inhala lentamente, se da la vuelta para ver por la ventanilla. Cuando exhala, un pequeño círculo de vaho aparece contra el cristal, cerca de su boca.

—¿Silas? —Me ve de frente y arquea una ceja—. Creo que mi madre puede ser una bruja.

Me rio, pero no la tranquilizo. Estoy de acuerdo con ella.

Permanecemos en silencio por varios kilómetros. Repito la breve conversación con Ezra en mi cabeza una y otra vez. No logro sacar la escena de mis pensamientos, y ella ni siquiera es mi madre. No puedo imaginar lo que debe estar sintiendo Charlie justo ahora, después de hablar con su madre real. Creo que ambos teníamos la esperanza, en el fondo de nuestra mente, de que una vez que entráramos en contacto con alguien tan cercano a nosotros como nuestros padres, se despertarían nuestros recuerdos. Por la reacción de Charlie, deduzco que no reconoció nada de la mujer con la que habló por teléfono.

—No tengo carro —dice en voz baja. La miro de reojo: está trazando una cruz con el dedo sobre la ventanilla cubierta de vaho—. Tengo diecisiete años. Me pregunto por qué no tengo carro.

En cuanto menciona el tema del automóvil, recuerdo que sigo manejando en dirección a la escuela, en lugar de hacer lo que necesito para llevarla.

—¿De casualidad sabes dónde vives, Charlie?

Sus ojos vuelan hacia los míos y, en una fracción de segundo, la confusión en su cara es desplazada por la claridad. Es fascinante la facilidad con que puedo leer sus expresiones ahora, en comparación con las primeras horas de esta mañana. Sus ojos son como dos libros abiertos y de pronto quiero devorar cada página.

Saca la cartera de la mochila y lee la dirección de su licencia de conducir.

—Si te detienes por un momento, podemos ponerla en el GPS —dice.

Yo oprimo el botón de navegación.

—Estas camionetas están hechas en Londres. No tienes que detenerte para programar una dirección en el

GPS. —Empiezo a ingresar el nombre de su calle y siento su mirada. Ni siquiera tengo que ver sus ojos para saber que están inundados por la sospecha.

Sacudo mi cabeza antes de que pueda hacer la pregunta.

—No, no sé cómo es que supe eso.

Una vez ingresada la dirección, doy vuelta y me dirijo a su casa. Estamos a doce kilómetros de distancia. Ella abre ambos refrescos y corta el sándwich a la mitad, entregándome una parte. Avanzamos diez kilómetros sin hablar. Quiero extender la mano para estrechar la suya y reconfortarla. Quiero decir algo que la tranquilice. Si fuera ayer, estoy seguro de que lo hubiera hecho sin pensarlo dos veces. Pero no es ayer. Es hoy, y Charlie y yo somos completos extraños el día de hoy.

En el último kilómetro ella habla, pero todo lo que dice es:

—Ese fue un queso asado realmente exquisito. Asegúrate de decirle a Ezra que lo mencioné.

Desacelero. Conduzco muy por debajo del límite de velocidad hasta que llegamos a su calle, luego me detengo en cuanto doy vuelta en ella. Charlie está mirando por la ventanilla; se fija en todas y cada una de las casas. Son pequeñas. De un solo piso, cada una con un garaje para un carro. Cualquiera de estas casas podría caber dentro de mi cocina y aún tendríamos espacio para cocinar.

—¿Quieres que entre contigo?

Ella niega con la cabeza.

—Tal vez no debas. Se oía como si no le agradaras mucho a mi madre.

Tiene razón. Desearía saber a qué se refería su madre cuando dijo esa familia. Desearía saber a qué se refería Ezra cuando mencionó a nuestros padres.

—Creo que es ahí —dice, señalando una a varias casas de distancia. Aparto el pie del acelerador y me dirijo hacia ella. Es por mucho la más bonita de la calle, pero sólo porque podaron el jardín hace poco y la pintura en los marcos de las ventanas no se está cayendo a pedazos.

Disminuyo la velocidad y finalmente me detengo enfrente de la casa. Ambos la contemplamos, considerando en silencio la enorme diferencia entre las vidas que llevamos. Sin embargo, no es nada comparada con lo que siento por saber que estamos a punto de tomar caminos distintos por el resto del día. Ella ha sido un buen amortiguador entre la realidad y yo.

—Hazme un favor —le pido, mientras pongo la palanca en *parking*—. Busca mi nombre en tu identificador de llamadas. Quiero ver si tengo un teléfono por aquí.

Ella asiente y empieza a recorrer los contactos. Pasa su dedo por la pantalla y se lleva el teléfono a la oreja, mordiendo ligeramente su labio inferior para ocultar lo que parece una sonrisa.

Justo cuando abro la boca para preguntar qué la hizo sonreír, un timbre ahogado surge de la consola. La abro y estiro la mano hasta que encuentro el teléfono. Cuando miro la pantalla, leo el contacto: Nenita Charlie.

Supongo que eso responde mi pregunta. Ella también debe tener un diminutivo para mí. Oprimo responder y llevo el teléfono a mi oreja.

—Hola, nenita Charlie.

Ella ríe, y su risa me llega dos veces: una por mi teléfono y otra desde el asiento de junto.

—Me temo que tal vez somos una pareja muy cursi, bebé Silas —dice ella.

—Así parece. —Recorro el volante con la yema de mi dedo pulgar, esperando que hable de nuevo. No lo hace. Aún sigue mirando esa casa poco familiar.

—Llámame en cuanto puedas, ¿te parece bien?

—Lo haré —dice.

—Tal vez lleves un diario. Busca cualquier cosa que pueda ayudarnos.

—Lo haré —repite.

Ambos sostenemos aún los teléfonos en nuestros oídos. Estoy seguro de que ella titubea ante la idea de salir porque tiene miedo de lo que encontrará dentro o porque no quiere dejar a la única persona que entiende su situación.

—¿Se lo dirás a alguien? —pregunto.

Ella aparta el teléfono de su oído, oprimiendo el botón para terminar la llamada.

—No quiero que nadie piense que me estoy volviendo loca.

—No te estás volviendo loca —digo—. No si nos está pasando a los dos.

Sus labios se presionan para formar una línea delgada, apretada. Asiente ligeramente con la cabeza, con cuidado, como si estuviera hecha de cristal.

—Exactamente. Si estuviera atravesando esto sola, sería fácil decir que estoy enloqueciendo. Pero no me encuentro sola. Ambos estamos experimentando esto, lo que significa que es algo completamente distinto. Y eso me asusta, Silas.

Abre la puerta y sale. Yo bajo la ventanilla mientras cierra la puerta detrás de ella. Dobla sus brazos sobre el descanso de la ventana y lanza una sonrisa forzada mientras hace un gesto con la mano para señalar por encima de su hombro hacia la casa ubicada detrás.

—Supongo que puedo asegurar que no tengo una ama de llaves que me cocine un queso asado.

Yo también me esfuerzo por sonreír.

—Sabes mi número. Tan sólo llámame si necesitas que venga a rescatarte.

Su sonrisa falsa es devorada por un ceño fruncido genuino.

—Como una damisela en peligro. —Eleva los ojos al cielo. Estira la mano por el hueco de la ventanilla y toma su mochila—. Deséame suerte, bebé Silas. —Su cariño está lleno de sarcasmo, medio lo odio.

5

Charlie

—¿Mamá? —Mi voz es débil, un chillido. Me aclaro la
garganta—. ¿Mamá? —grito de nuevo.

Ella llega a toda velocidad dando vuelta por la esquina
de la habitación y de inmediato pienso en un automóvil
sin frenos. Me retiro dos pasos hasta que mi espalda queda completamente contra la puerta.

—¿Qué estabas haciendo con ese chico? —sisea.

Puedo oler el licor en su aliento.

—Yo… Me trajo a casa de la escuela. —Arrugo la nariz
y respiro por la boca.

Ella está invadiendo por completo mi espacio personal.
Estiro la mano detrás de mí y tomo la manija de la puerta,
por si necesitara ejecutar una salida rápida. Ansiaba sentir
algo cuando la viera. Ella fue el útero que me incubó y
quien me organizó fiestas de cumpleaños durante los últimos diecisiete años. Medio esperaba una oleada de calidez
o recuerdos, alguna familiaridad. Retrocedo ante la desco-
nocida que está frente a mí.

—Te fuiste de pinta. ¡Estabas con ese muchacho! ¿Te molestaría explicármelo?

Huele como si un bar acabara de vomitar sobre ella.

—No me siento… como si fuera yo misma. Le pedí que me trajera a casa. —Retrocedo un paso—. ¿Por qué estás borracha a mediodía?

Sus ojos se abren mucho y, por un minuto, creo que existe una posibilidad real de que pueda golpearme. En el último momento retrocede tropezándose y se desliza por la pared hasta que se sienta en el piso. Las lágrimas invaden sus ojos y tengo que apartar la vista.

Muy bien, no esperaba esto.

Puedo lidiar con los gritos; el llanto me pone nerviosa. Sobre todo cuando es de una completa extraña y no sé qué decir. Paso con cuidado por encima de ella, justo cuando entierra la cara entre sus manos y empieza a sollozar con fuerza. No sé si esto es normal. Lo dudo. Avanzo sigilosamente hasta donde termina el vestíbulo y empieza la sala. Al final, la dejo con sus lágrimas y decido buscar mi recámara. No puedo ayudarla. Ni siquiera la conozco.

Quiero ocultarme hasta descubrir algo. Como… quién demonios soy. La casa es más pequeña de lo que pensaba. Justo después de donde dejé a mi madre llorando en el piso, hay una cocina y una pequeña sala. Son bajas y están ordenadas, llenas hasta el tope con muebles que parecen fuera de lugar. Cosas costosas en una casa barata. Hay tres puertas. La primera está abierta. Miro hacia adentro y veo una colcha a cuadros. ¿La recámara de mis padres? Por la cobija, sé que no es mía. A mí me gustan las flores. Abro la segunda de las puertas: un baño. La tercera es otra recámara, a la izquierda del pasillo. Doy un paso dentro. Dos camas. Gruño. Tengo una hermana.

Cierro con seguro la puerta detrás de mí, y mis ojos recorren el espacio compartido. Tengo una hermana. Por el aspecto de sus cosas deduzco que es más joven que yo, por lo menos algunos años. Miro con disgusto los carteles de grupos musicales que adornan su lado de la recámara. Mi lado es más simple: una cama con un cobertor de color morado oscuro y una impresión enmarcada, en blanco y negro, que cuelga de la pared sobre la cama. De inmediato sé que es algo que Silas fotografió: una puerta rota que cuelga de sus goznes; enredaderas que se abren camino hasta llenar el espacio que hay entre los picos de metal oxidados (no es tan oscura como las fotografías en su recámara; tal vez resulte más adecuada para mí). Hay una pila de libros en mi mesita de noche. Estiro la mano para tomar uno y leer el título, cuando mi teléfono indica que he recibido un mensaje.

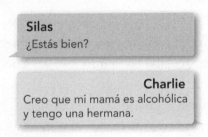

Silas
¿Estás bien?

Charlie
Creo que mi mamá es alcohólica y tengo una hermana.

Su respuesta llega unos segundos después.

> **Silas**
> No sé qué decir. Esto es tan incómodo.

Me rio y dejo mi teléfono. Quiero revisar alrededor, ver si puedo encontrar cualquier cosa sospechosa. Mis cajones están sumamente ordenados. Debo tener un trastorno obsesivo-compulsivo. Revuelvo las calcetas y la ropa interior para ver si logro fastidiarme a mí misma.

No hay nada en mis cajones, nada en mi mesita de noche. Encuentro una caja de condones metida en un bolso debajo de mi cama. Busco un diario, notas escritas por mis amigos: no hay nada. Soy un ser humano estéril, aburrido; lo único que me describe es esa impresión que cuelga arriba de mi cama. Una impresión que Silas me dio, no que yo misma haya elegido.

Mi madre está en la cocina. Puedo escuchar cómo se sorbe los mocos y se prepara algo para comer. «Es una borracha», pienso. Tal vez deba hacerle algunas preguntas, aprovechando que no recordará que se las hice.

—Hey, eh…, mamá —digo, acercándome.

Ella deja su pan tostado para mirarme con ojos borrosos.

—Entonces, ¿estaba actuando raro anoche?

—¿Anoche? —repite ella.

—Sí. Tú sabes…, cuando llegué a casa.

Ella arrastra el cuchillo sobre el pan hasta cubrirlo con mantequilla.

—Estabas sucia —arrastra las palabras—. Te dije que te dieras un baño.

Pienso en la tierra y la sangre en la cama de Silas. Eso significa que probablemente estuvimos juntos.

—¿A qué hora llegué a casa? Mi teléfono estaba muerto —miento.

Entorna los ojos.

—Como a las diez de la noche.

—¿Dije algo... inusual?

Se aparta y camina hacia el fregadero, donde da una mordida a su pan tostado y mira hacia el desagüe.

—¡Mamá! Pon atención. Necesito que me respondas.

¿Por qué esto se siente familiar? Yo rogándole, ella ignorándome.

—No —dice con toda simpleza.

Luego se me ocurre una idea: mi ropa de anoche. Afuera de la cocina hay un pequeño armario con una lavadora y una secadora apiladas. Abro la tapa de la lavadora y veo un montoncito de ropa húmeda en el fondo. La saco. Definitivamente es de mi talla. Debí echarla allí anoche, tratando de deshacerme de la evidencia. «¿Evidencia de qué?». Busco en el interior de los bolsillos de los *jeans*. Hay una bolita de papel, llena de mugre gruesa y húmeda. Dejo caer los pantalones y llevo la bolita a mi cuarto. Si trato de desdoblarla, podría romperse. Decido colocarla en el descanso de la ventana y esperar a que se seque.

Envío un mensaje a Silas.

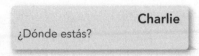

Charlie
¿Dónde estás?

Espero unos minutos y cuando no responde, hago un nuevo intento.

Charlie
¡Silas!

Me pregunto si siempre hago esto; acosarlo hasta que responde.

Envío cinco mensajes más y luego lanzo mi teléfono al otro lado del cuarto; entierro mi cara en la almohada de Charlie Wynwood para llorar. Probablemente Charlie Wynwood nunca lloraba. Ella no tiene personalidad, por el aspecto de su recámara. Su madre es una alcohólica y su hermana escucha música basura. ¿Y cómo sé que el cartel que cuelga arriba de la cama de mi hermana es de un grupo que compara el amor con una explosión y un aplauso, pero no recuerdo el nombre de esa hermana? Camino hacia su lado de la pequeña recámara y reviso entre sus cosas.

—¡Ding, ding, ding! —exclamo, mientras saco un diario con cubierta rosa y puntos blancos debajo de su almohada.

Me siento en su cama y doy vuelta a la cubierta.

Propiedad de Janette Elise Wynwood.
¡NO LO LEAS!

Ignoro la advertencia y recorro las páginas hasta su primera entrada, titulada:

«Charlie apesta»

«Mi hermana es la peor persona del planeta. Espero que se muera».

Cierro el cuaderno y lo coloco de vuelta bajo su almohada. «Ya estuvo bien».

Mi familia me odia. ¿Qué tipo de ser humano eres cuando tu propia familia te odia? Del otro lado del cuarto mi teléfono brilla indicándome que tengo un mensaje nuevo. Doy un salto, pensando que es de Silas; me siento aliviada de pronto. Hay dos mensajes. Uno es de Amy:

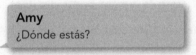

Amy
¿Dónde estás?

Y el otro es de un tipo llamado Brian.

Brian
Hey, te extrañé hoy.
¿Le dijiste?

¿A quién? ¿Decirle qué?

Dejo mi teléfono sin responder a ninguno de los dos. Decido probar de nuevo el diario. Me salto hasta la última entrada de Janette, que fue de anoche.

Título: «Tal vez necesite *brackets* pero no tenemos dinero. Charlie tuvo *brackets*».

Me paso la lengua por los dientes. Sí, se sienten muy parejos.

Sus dientes están parejitos y perfectos y yo voy a tener dientes chuecos para siempre. Mamá dijo que buscaría financiamiento pero desde que sucedió lo de la compañía de papá no tenemos dinero para cosas normales. Odio llevar lonchera a la escuela. ¡Me siento como en preescolar!

Me salto un párrafo en que detalla el último periodo de su amiga Payton. Está despotricando sobre su falta de menstruación cuando la escritura de su diario es perturbada por esta servidora.

Me tengo que ir. Charlie acaba de llegar a casa y está llorando. Ella casi nunca llora. Espero que Silas haya roto con ella... le haría mucho bien.

¿Así que yo estaba llorando cuando llegué a casa anoche? Camino hacia el descanso de la ventana donde el papel del bolsillo de mi pantalón se ha secado un poco. Lo aliso con cuidado y lo coloco sobre el escritorio que, al parecer, compartimos mi hermana y yo. Parte de la tinta se ha desvanecido, pero parece un recibo. Le envío otro mensaje a Silas.

Charlie
Silas, necesito un aventón.

Espero. Me irrito cada vez más con su demora para responder. «Soy impaciente», pienso.

> **Charlie**
> Hay un tipo que se llama Brian
> que me está mensajeando. Es
> realmente insinuante. Puedo
> pedirle un aventón si tú estás
> ocupado…

Mi teléfono suena un segundo después.

> **Silas**
> Demonios, no.
> ¡Llego enseguida!

Sonrío.

No es un problema escurrirme de la casa porque mi madre ha perdido el conocimiento en el sofá. La miro por un momento, estudio su rostro dormido, trato desesperadamente de recordarlo. Se parece a mí, sólo que se le nota la edad. Antes de salir para esperar a Silas, la cubro con una cobija y tomo un par de refrescos del refrigerador casi vacío.

—Nos vemos, mamá —digo en voz baja.

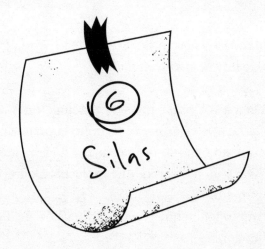

6

Silas

No sé si estoy regresando con Charlie porque la quiero proteger o porque soy posesivo con ella. De cualquier manera, no me gusta nada la idea de que se ponga en contacto con alguien más. Me pregunto quién es ese tipo Brian y por qué piensa que es correcto enviarle mensajes insinuantes cuando es obvio que Charlie y yo estamos juntos.

Todavía tengo el teléfono en la mano izquierda cuando suena de nuevo. No hay un número en la pantalla, sólo la palabra *Hermano*. Deslizo mi dedo y respondo.

—¿Bueno?

—¿Dónde diablos estás?

Es la voz de un muchacho. Se parece a la mía. Miro a ambos lados, pero nada me parece familiar en la intersección por la que estoy pasando.

—En mi carro.

Él gime.

—No inventes. Si sigues faltando a las prácticas, te van a mandar a la banca.

Al Silas de ayer eso probablemente lo habría fastidiado. El Silas de hoy se siente aliviado.

—¿Qué día es hoy?

—Miércoles. Un día antes de mañana, un día después de ayer. Ven a recogerme, ya terminó la práctica.

¿Por qué no tiene su propio carro? Ni siquiera conozco a este chico y ya me parece una molestia. Definitivamente es mi hermano.

—Primero tengo que recoger a Charlie —le digo.

Hay una pausa.

—¿En su casa?

—Claro.

Otra pausa.

—¿Tienes ganas de morir?

Realmente odio no saber lo que, al parecer, todos los demás sí conocen. ¿Por qué no podría ir a casa de Charlie?

—Como sea, tan sólo apúrate —sentencia justo antes de colgar.

Ella está de pie en la calle cuando doy vuelta en la esquina. Está mirando su casa. Sus manos descansan con suavidad a sus costados, sostiene dos refrescos. Uno en cada mano. Los agarra como armas, como si quisiera lanzarlos a la casa que tiene enfrente, con la esperanza de que sean granadas. Reduzco la velocidad del carro y me detengo a algunos metros de ella.

No trae la misma ropa que llevaba más temprano. Viste una falda larga, negra, que cubre hasta sus pies. Alrededor del cuello se ha enredado una bufanda negra que cae sobre sus hombros. Su blusa es color *beige*, de manga larga, pero aun así parece tener frío. El viento sopla y la falda y la bufanda se mueven con él, pero no parece afectarla. Ni siquiera parpadea. Está perdida en sus pensamientos.

«Estoy perdido en ella».

En cuanto me estaciono, ella gira la cabeza, me ve y de inmediato dirige sus ojos al suelo. Camina hacia la puerta del acompañante y sube al carro. Su silencio parece una súplica, como si me rogara que no hable, por lo que no digo una palabra mientras nos dirigimos a la escuela. Después de unos tres kilómetros, se relaja, se deja caer en el asiento y apoya uno de sus pies, metidos en unas botas, contra el tablero.

—¿Adónde vamos?

—Llamó mi hermano. Necesita un aventón.

Ella asiente.

—Parece que me metí en graves problemas por no presentarme hoy a la práctica de futbol americano.

Estoy seguro de que ella entiende, por el tono desenfadado de mi voz, que no me preocupa demasiado. El futbol no está en mi lista de prioridades en este momento, de modo que el hecho de que me manden a la banca es probablemente lo mejor para todos.

—Juegas futbol —dice ella, dándolo por sentado—. Yo no hago nada. Soy aburrida, Silas. Mi cuarto es aburrido.

No llevo un diario, no colecciono cosas. Lo único que tengo es la fotografía de una puerta, y ni siquiera la tomé yo. *Tú* lo hiciste. Lo único que tengo en mi cuarto con algo de personalidad es algo que tú me diste.

—¿Cómo sabes que yo tomé la fotografía?

Ella se encoge de hombros y tira de su falda.

—Tienes un estilo único. Algo así como una huella digital. Sé que es tuya porque sólo tú tomas fotografías de cosas que a la gente le asustaría ver en la vida real.

«Supongo que no le gustan mis fotografías».

—Y... —pregunto, manteniendo la mirada adelante—. ¿Quién es ese tal Brian?

Ella toma su teléfono y abre sus mensajes. Trato de mirarlos de reojo, estoy demasiado lejos para leerlos, pero de todos modos hago el esfuerzo. Veo que ella inclina el aparato ligeramente a la derecha, protegiéndolo de mi vista.

—No estoy segura —dice—. Traté de recorrer los mensajes hacia atrás y ver si descubría algo, pero son confusos. No puedo saber si estaba saliendo con él o contigo.

Se me seca la boca de nuevo. Tomo uno de los refrescos que ella trajo y le quito la tapa. Doy un sorbo largo y después lo coloco en el contenedor para vasos.

—Tal vez salías con los dos. —Hay cierta tensión en mi voz. Trato de suavizarla—. ¿Qué te escribió hoy?

Ella mira otra vez el teléfono y coloca la carátula contra sus piernas, como si estuviera apenada. No me responde. Siento que mi cuello enrojece y reconozco que el calor de los celos me invade como un virus. No me gusta.

—Contéstale —le indico—. Dile que no quieres que te vuelva a enviar nada y que quieres arreglar las cosas conmigo.

Voltea hacia mí.

—No conocemos nuestra situación —explica—. ¿Qué tal si no me gustas? ¿Qué tal si estábamos a punto de romper?

Regreso la vista hacia el camino y hago rechinar los dientes.

—Sólo creo que lo mejor es seguir juntos hasta que descubramos qué está pasando. Ni siquiera sabes quién es el tal Brian.

—Tampoco te conozco a ti —replica mordaz.

Entro al estacionamiento de la escuela. Ella me observa con detenimiento, esperando mi respuesta. Percibo su provocación.

Estaciono el carro y lo apago. Tomo el volante con la mano derecha y mi quijada con la izquierda. Aprieto ambas.

—¿Cómo hacemos esto?

—¿Puedes ser un poco más específico? —dice.

Agito ligeramente la cabeza. Ni siquiera sé si me mira y puede notarlo.

—No puedo ser específico, porque me refiero a todo. A nosotros, nuestras familias, nuestras vidas. ¿Cómo solucionamos esto, Charlie? ¿Y cómo lo hacemos sin descubrir cosas de nosotros que van a molestarnos?

Antes de que pueda responder, alguien sale de una puerta y empieza a caminar hacia nosotros. Se parece a mí, pero más joven. Tal vez va en segundo año. Todavía no es tan grande como yo pero, por su aspecto, se puede deducir que va a superar mi estatura.

—Esto va a ser divertido —comenta ella, mientras mi hermano se acerca al carro. Camina directo al asiento ubicado detrás de ella y abre la puerta. Lanza adentro su mochila, un par de zapatos, una bolsa de gimnasio y, finalmente, entra.

La puerta se azota.

Saca su teléfono y empieza a recorrer sus mensajes. Respira con pesadez. Está sudado y con el pelo enredado en la frente. Tenemos el mismo pelo. Cuando me mira, veo que también compartimos los mismos ojos.

—¿Tienes algún problema? —cuestiona.

No respondo. Me doy vuelta de nuevo en mi asiento y miro a Charlie. Ella tiene una sonrisa afectada en el rostro y está enviando un mensaje de texto a alguien. Casi quiero agarrar su teléfono y ver si está escribiendo a Brian, pero mi teléfono vibra en cuanto ella oprime el botón de *enviar*.

Charlie
¿Sabes siquiera el nombre de tu hermano?

No tengo ni la más remota idea de cómo se llama mi hermano menor.

—Mierda —replico.

Ella se ríe, pero su risa se corta cuando distingue algo en el estacionamiento. Mi mirada sigue la suya hasta aterrizar en un tipo. Él camina hacia el carro, observando con dureza a Charlie.

Lo reconozco. Es el sujeto del baño de esta mañana, el que trató de provocarme.

—Déjame adivinar —digo—. ¿Brian?

Él se dirige directo a la puerta del copiloto y la abre. Retrocede y llama con un dedo a Charlie. Me ignora por completo. Pero está a punto de conocerme realmente si piensa que puede tratar a Charlie de esta manera.

—Necesitamos hablar —dice, con palabras entrecortadas.

Charlie pone la mano en la puerta para cerrarla.

—Lo siento —interviene—. Estamos a punto de irnos. Mañana hablaré contigo.

El rostro del tipo expresa incredulidad, también una buena dosis de ira. Cuando veo que la agarra por un brazo y la jala hacia él, salgo del carro y lo rodeo por el frente. Me muevo tan rápido que resbalo en la grava y tengo que sujetarme del cofre para no caerme. «Qué bien». Corro hacia la puerta del acompañante, preparado para agarrar a ese bastardo por la garganta, pero él está doblado, gimiendo. Con la mano se cubre un ojo. Se endereza y mira a Charlie con el otro, el bueno.

—Te dije que no me tocaras —advierte Charlie a través de sus dientes apretados. Está parada junto a la puerta, con el puño apretado.

—¿No quieres que te toque? —responde él con una sonrisa perversa—. Será la primera vez.

Justo cuando pretendo arremeter contra él, Charlie coloca su mano sobre mi pecho. Me lanza una mirada de advertencia, agitando un poco la cabeza. Me esfuerzo por respirar profundamente y con calma, retrocedo.

Charlie concentra su atención de nuevo en Brian.

—Eso fue ayer, Brian. Hoy es un nuevo día y me voy con Silas. ¿Comprendes? —Se da la vuelta y regresa a su asiento en el coche.

Espero hasta que cierra la puerta, pongo el seguro y empiezo a caminar de regreso al sitio del conductor.

—¡Te está engañando! —grita Brian detrás de mí.

Me detengo.

Me giro lentamente y lo enfrento. Está de pie, por el aspecto de su postura, espera que lo golpee. Cuando no lo hago, vuelve a provocarme.

—Conmigo —agrega—, más de una vez. Ahora ya llevamos dos meses.

Lo miro, trato de mantener la calma por fuera, pero, por dentro, imagino mis manos enroscadas alrededor de su cuello, exprimiendo hasta la última gota de oxígeno de sus pulmones.

Veo a Charlie. Ella me suplica con los ojos que no haga una estupidez. Me muevo para quedar frente a él y de alguna manera consigo sonreír:

—Qué bien, Brian. ¿Quieres un trofeo?

Desearía poder embotellar la expresión de su rostro para dejarla salir siempre que necesite divertirme.

Una vez que regreso al volante, salgo del estacionamiento con más dramatismo del necesario. Cuando llego a la calle, camino a casa, recupero la calma suficiente para ver a Charlie. Ella me devuelve la mirada. Nos quedamos así por unos segundos, midiendo la reacción del otro. Justo antes de girar la vista al camino, observo su sonrisa.

Ambos empezamos a reír. Ella se relaja contra su asiento.

—No puedo creer que te esté engañando con ese tipo —dice—. Debes haber hecho algo que realmente me fastidió.

Le sonrío.

—Sólo un asesinato, nada menos que eso, pudo provocar que me engañaras con ese tipo.

Una garganta se aclara en el asiento de atrás y de inmediato me asomo por el espejo retrovisor. Me había olvidado por completo de mi hermano. Se inclina hacia delante hasta colocarse entre los asientos de enfrente y de la parte media. Nos mira alternativamente, primero a Charlie y luego a mí.

—Aclárenme algo —dice—. ¿Se están riendo de esto?

Charlie me mira por el rabillo del ojo. Ambos dejamos de reír y ella se aclara la garganta.

—¿Cuánto tiempo llevamos juntos, Silas? —pregunta.

Finjo contar con mis dedos cuando mi hermano levanta la voz.

—Cuatro años —interrumpe—. Dios mío, ¿qué se les metió a ustedes dos?

Charlie se inclina hacia delante y me mira asombrada. Sé exactamente lo que está pensando.

—¿Cuatro años? —murmuro.

—Guau —dice Charlie—. Mucho tiempo.

Mi hermano agita la cabeza y se deja caer hacia atrás en su asiento.

—Están peor que el *show* de Jerry Springer.

«Jerry Springer es el anfitrión de un programa de entrevistas. ¿Cómo lo sé? Me pregunto si Charlie también lo recuerda».

—¿Ubicas a Jerry Springer? —le pregunto.

Tiene los labios apretados, los presiona mientras piensa. Asiente y se da la vuelta hacia su ventanilla.

Nada de esto tiene sentido. ¿Cómo podemos recordar a las celebridades? ¿Gente a la que nunca hemos conocido? ¿Cómo sé que Kanye West se casó con una Kardashian? ¿Cómo sé que Robin Williams murió?

¿Puedo recordar a todos los que nunca conocí, pero no a la chica de la que he estado enamorado los últimos cuatro años? La intranquilidad se apodera de mí, bombea por mis venas hasta que se asienta en mi corazón. Paso los últimos kilómetros evocando en silencio nombres y caras de personas. Presidentes. Actores. Políticos. Músicos. Estrellas de *reality shows*.

Pero no tengo memoria de mi propia vida, del nombre de mi hermano menor que justo ahora salta de la camioneta. Lo miro mientras se abre paso hacia el interior de nuestra casa. Sigo contemplando la puerta mucho tiempo después de que se cierra tras él. Me quedo mirando mi casa tal como Charlie lo hizo con la suya.

—¿Te sientes bien? —pregunta.

Es como si el sonido de su voz tuviera un efecto de succión, me saca de mis pensamientos a la velocidad de un cuello de botella, me lleva de regreso al momento. Ese instante en que veo a Charlie y Brian y las palabras que dijo y que yo fingí que no me afectaron en absoluto. «Te está engañando».

Cierro los ojos, me recargo contra la cabecera del asiento.

—¿Por qué crees que sucedió?

—Realmente necesitas aprender a ser más específico, Silas.

—Está bien —replico, levantando la cabeza y mirándola directamente—. Brian. ¿Por qué crees que dormiste con él?

Suspira.

—No puedes enojarte por eso.

Inclino la cabeza, en mis ojos hay un dejo de incredulidad.

—Estuvimos juntos durante *cuatro* años, Charlie. No puedes culparme por estar un poco molesto.

Ella sacude la cabeza.

—Ellos estuvieron juntos durante cuatro años. Charlie y Silas. Tú y yo no —dice—. Además, ¿qué te hace pensar que tú eras un ángel? ¿Has revisado tus propios mensajes?

Niego con la cabeza.

—Me temo que no. Y no hagas eso.

—¿Qué?

—No te refieras a nosotros en tercera persona. Tú *eres* ella. Y yo soy él. Nos guste quiénes éramos o no.

En cuanto comienzo a separarme del camino, suena el teléfono de Charlie.

—Mi hermana —dice ella, justo antes de responder con un «¿Bueno?». Escucha en silencio por varios segundos; todo el tiempo me ve—. Estaba borracha cuando llegué a la casa. Estaré allí en unos minutos. —Termina la llamada—. De regreso a la escuela. Se supone que mi madre alcohólica debía recoger a mi hermana después de la práctica de natación. Parece que vamos a conocer a otro hermano.

Me rio.

—Siento como si hubiera sido chofer en mi vida anterior.

La expresión de Charlie se endurece.

—Dejaré de referirme a nosotros en tercera persona si tú dejas de hablar de una vida pasada. No hemos muerto, Silas. Sólo no podemos recordar nada.

—Podemos recordar algunas cosas —aclaro.

Voy de regreso hacia la escuela. Por lo menos me aprenderé el camino con todo este ir y venir.

—Había una familia en Texas —me platica ella—. Tenían un perico, pero se perdió. Cuatro años después apareció de la nada… hablando español. —Se ríe—. ¿Por qué recuerdo esa historia sin sentido, pero no lo que hice hace doce horas?

No respondo porque su pregunta es retórica, a diferencia de todas las interrogantes en mi cabeza.

Cuando nos detenemos otra vez en la escuela, una viva imagen de Charlie está parada en la entrada, con las manos cruzadas sobre su pecho. Se sube al asiento de atrás y se acomoda en el mismo lugar donde mi hermano estuvo sentado hace poco tiempo.

—¿Cómo te fue hoy? —le pregunta Charlie.

—Cállate —dice su hermana.

—Mal, supongo.

—Cállate —dice de nuevo.

Charlie me mira con los ojos bien abiertos, con una sonrisa malévola en su boca.

—¿Estuviste esperando mucho?

—Cállate —dice una vez más su hermana.

Me doy cuenta de que Charlie sólo la está instigando. Sonrío cuando continúa.

—Mamá estaba perdida de borracha cuando llegué a casa hoy.

—¿Fue algo nuevo? —responde su hermana con sarcasmo.

«Por lo menos ahora no dijo cállate».

Charlie dispara un par de preguntas más, pero su hermana la ignora por completo, poniendo toda su atención en el teléfono que tiene entre las manos. Cuando llegamos a la entrada de su casa, su hermana empieza a abrir la puerta antes de que siquiera detenga el carro.

—Dile a mamá que llegaré tarde —dice Charlie mientras ella salta del carro—. ¿Y cuándo crees que regrese papá a casa?

Su hermana hace una pausa. Mira a Charlie con desprecio.

—De diez a quince años, de acuerdo con el juez. —Azota la puerta.

No esperaba eso y, al parecer, Charlie tampoco. Se da vuelta con lentitud sobre su asiento hasta que de nuevo fija la vista al frente. Inhala poco a poco y suelta el aire con cuidado.

—Mi hermana me odia. Vivo en un basurero. Mi madre es una alcohólica. Mi padre está en prisión. Te engaño con otro. —Me mira—. ¿Por qué demonios sales conmigo?

Si la conociera mejor, la abrazaría. Estrecharía su mano. *Algo*. No sé qué hacer. No hay un protocolo sobre cómo consolar a la chica que ha sido tu novia por cuatro años, pero la conociste apenas esta mañana.

—Bueno, de acuerdo con Ezra, te he amado desde antes de aprender a caminar. Supongo que es difícil dejarte ir.

Ella se ríe consigo misma.

—Tú debes tener algún tipo de lealtad intensa, porque *yo estoy* empezando a odiarme.

Quiero estirar la mano y tocar su mejilla. Hacer que me mire. Sin embargo, no hago nada. Echo el carro en reversa y mantengo las extremidades tiesas.

—Tal vez eres mucho más que tu estado financiero y tu familia.

—Claro —reconoce. Me mira y la decepción de su gesto es reemplazada de momento por una breve sonrisa—. Quizá.

Sonrío con ella, pero ambos miramos hacia fuera por nuestras respectivas ventanillas para ocultarlo. De vuelta en la calle, Charlie estira la mano hacia la radio. Recorre varias estaciones, sintoniza una canción que ambos empezamos a cantar de inmediato. En cuanto surge la primera línea de la letra de nuestras bocas, nos damos vuelta en automático y quedamos frente a frente.

—Letras de canciones —dice en voz baja—. Recordamos letras de canciones.

No agrega nada más. Mi mente está tan exhausta que ni siquiera siento deseos de descubrir cosas nuevas por el momento. Sólo quiero el respiro que proporciona la música. Al parecer, ella también, porque se queda sentada en silencio durante casi todo el recorrido. Después de varios minutos, siento sus ojos sobre mí.

—Odio haberte engañado. —Sube de inmediato el volumen de la radio y se hunde en su asiento.

No espera una respuesta mía, pero si así fuera me gustaría decirle que está bien. Que la perdono. Porque la chica que está sentada junto a mí ahora no parece ser la que antes me traicionó.

No pregunta adónde vamos. Ni siquiera sé adónde vamos. Sólo conduzco, porque el único momento en que mi mente parece tranquilizarse es mientras manejo. No tengo idea de cuánto tiempo hemos estado en el coche, pero el sol finalmente se está poniendo, así que decido dar vuelta y regresar. Ambos inspeccionamos nuestras cabezas en silencio, lo que resulta irónico para dos personas que no tienen recuerdos.

—Necesitamos revisar nuestros teléfonos —le digo. Es lo primero que mencionamos durante casi una hora—. Checar mensajes antiguos, correos electrónicos, buzones de voz. Podríamos encontrar algo que explique esto.

Ella saca su teléfono.

—Ya lo intenté, pero no tengo un teléfono lujoso como el tuyo. Sólo recibo mensajes de texto, y tengo muy pocos.

Entro en una gasolinera y estaciono el carro en la zona más oscura. No sé por qué siento que necesitamos privacidad para hacer esto. No quisiera que alguien se acerque si nos reconoce, porque es muy posible que nosotros no lo conozcamos.

Apago el carro. Empezamos a recorrer las pantallas de nuestros teléfonos. Empiezo con los mensajes de texto entre nosotros. Leo varios de ellos, pero todos son cortos y directos. Horarios, citas. «Te amo» y «Te extraño». Nada que revele algo acerca de nuestra relación.

Con base en el registro de mis llamadas, me entero de que hablamos por lo menos una hora casi todas las noches. Recorro todas las llamadas almacenadas, lo que abarca más de dos semanas.

—Hablábamos por teléfono por lo menos una hora cada noche —le hago saber.

—¿De veras? —dice ella, genuinamente impactada—. ¿De qué tanto podríamos hablar?

Sonrío.

—Tal vez en realidad no hablábamos mucho.

Ella sacude la cabeza al tiempo que suelta una risa silenciosa.

—¿Por qué tus bromas obscenas no me sorprenden, a pesar de no recordar nada de ti en absoluto?

Su media sonrisa se torna un gemido.

—Dios mío —exclama, inclinando su teléfono hacia mí—. Mira esto. —Recorre las fotos de la cámara de su teléfono con el dedo—. *Selfies*. Nada más que *selfies*, Silas. Hasta tomaba *selfies* en el baño. —Sale de su aplicación de cámara—. Mátame ahora mismo.

Me rio y abro la cámara en mi propio teléfono. La primera fotografía es de los dos. Estamos de pie frente a un lago, tomando una *selfie*, naturalmente. Se la muestro y ella gime aún más fuerte, dejando caer su cabeza contra el respaldo con un gesto dramático.

—Me está empezando a disgustar quiénes somos, Silas. Tú eres un niño rico que se porta como un patán con su ama de llaves. Yo soy una adolescente ruda, sin personalidad en absoluto, que toma *selfies* para sentirse importante.

—Estoy seguro de que no somos tan malos como parece. Por lo menos, aparentemente, nos gustábamos el uno al otro.

Ella ríe en voz baja.

—Yo te estaba engañando. No creo que fuéramos felices.

Abro el correo electrónico en mi teléfono y encuentro un archivo de video etiquetado *No borrar*. Hago clic en él.

—Mira esto. —Levanto el descansabrazos y me acerco a ella para que pueda ver el video. Conecto el volumen al estéreo del carro para que el sonido se escuche mediante *Bluetooth*. Ella se acerca para verlo mejor.

Oprimo el botón para que se reproduzca. Mi voz surge en las bocinas del carro, haciendo evidente que soy yo el que sostiene la cámara. Está oscuro y se ve como si me encontrara en el exterior.

—*Es oficialmente nuestro segundo aniversario* —mi voz es un susurro, como si no quisiera que me atraparan haciendo lo que sea que estoy haciendo. Doy vuelta a la cámara para enfocarme, la luz de la grabadora está encendida, ilumina mi cara. Me veo más joven, tal vez uno o dos años. Supongo que tenía dieciséis años de edad, ya que acabo de decir que es nuestro segundo aniversario. Parece que estoy por meterme a través de una ventana.

—*Estoy a punto de despertarte para desearte un feliz aniversario, pero es casi la una de la madrugada en una noche de escuela, de modo que estoy filmando esto en caso de que tu padre me asesine.*

Doy vuelta a la cámara y la dirijo hacia una ventana. La imagen se oscurece, pero se escuchan los sonidos de la ventana elevándose y mis esfuerzos para trepar al interior. Una vez dentro de la habitación, hago que la cámara brille en dirección de la cama de Charlie. Hay un bulto debajo de las cobijas, pero no se mueve. Recorro el resto del cuarto con la cámara. Lo primero que noto es que esa recámara no parece alguna de la casa donde vive ahora Charlie.

—Esa no es mi habitación —dice ella, mirando más de cerca el video que se reproduce en mi teléfono—. Mi cuarto de ahora no tiene ni la mitad de ese tamaño. Y lo comparto con mi hermana.

Lo que vemos en el video definitivamente no se parece a un cuarto compartido, pero no tenemos una buena imagen porque la cámara vuelve a apuntar a la cama. El bulto debajo de las cobijas se mueve y, por el ángulo de la cámara, parece como si me estuviera metiendo con ella.

—*Nenita Charlie* —le susurro.

Ella se quita las cobijas de la cabeza, pero se cubre de la luz de la cámara.

—*¿Silas?* —susurra.

La cámara la sigue apuntando desde un ángulo extraño, como si olvidara que la estoy sosteniendo. Hay sonidos de besos. Debo estar besando su brazo o su cuello.

El solo sonido de mis labios tocando su piel es razón suficiente para desear apagar el video. No quiero incomodar a Charlie, pero ella está concentrada en mi teléfono con tanta intensidad como yo. Y no por lo que está sucediendo en él, sino porque no lo *recordamos*. Soy yo…, es ella…, somos los dos juntos. Pero no recuerdo un solo detalle de este encuentro, por lo que se siente como si estuviéramos espiando a dos extraños compartir un momento íntimo.

Me siento como un mirón.

—*Feliz aniversario* —le susurro.

La cámara se aparta y se ve que me acerco a la almohada junto a su cabeza. La única vista que tenemos ahora es el perfil de la cara de Charlie mientras descansa contra su almohada.

No es la mejor perspectiva, pero basta para notar que ella tiene exactamente el mismo aspecto. Su pelo oscuro está extendido sobre la almohada. Está mirando hacia arriba y supongo que estoy sobre ella, pero no me veo en el video. Tan sólo observo su boca mientras se curva para sonreír.

—*Eres un rebelde* —murmura ella—. *No puedo creer que hayas venido para decirme eso.*

—*No me metí a escondidas para decir eso* —susurro—. *Me escabullí para hacer esto.*

Mi cara finalmente aparece en el video y mis labios descansan suavemente contra los suyos.

Charlie se remueve en su asiento junto a mí. Trago saliva con dificultad. De pronto deseo estar solo, mirando esto. Repetiría el beso una y otra y otra vez.

Tengo los nervios tensos; me doy cuenta de que es porque estoy celoso del tipo en el video, lo que no tiene sentido alguno. Se siente como si viera a un completo extraño hacer eso con ella, aunque sea yo. Son mis labios contra los suyos, pero estoy molesto porque no recuerdo cómo se siente.

Me debato entre detener el video o no, sobre todo porque el beso que se está mostrando parece a punto de convertirse en algo más. Mi mano, que estaba descansando contra su mejilla, queda ahora fuera de vista. Por los sonidos que emite Charlie en el video, parece como si ella supiera exactamente dónde está mi mano.

Ella aparta su boca de la mía y mira a la cámara, su mano aparece enfrente de la lente, coloca la cámara bocabajo en la cama. La pantalla se pone en blanco, pero el sonido sigue grabándose.

—*La luz me estaba deslumbrando* —murmura.

Mi dedo está junto al botón de pausa en mi teléfono. Debo oprimirlo, pero puedo sentir la calidez del aliento de Charlie escapando de su boca, coqueteando con la piel de mi cuello. Entre eso y los sonidos que provienen de las bocinas, quisiera que el video nunca terminara.

—*Silas* —susurra ella.

Ambos seguimos mirando la pantalla, aunque ha quedado completamente en blanco desde que ella apartó la cámara. No hay nada que ver, pero no podemos apartar la vista. Los sonidos de nuestras voces se reproducen alrededor de nosotros, llenando el carro, llenándonos a nosotros.

—*Nunca, nunca, Charlie* —susurra mi voz en la grabación.

Un gemido.

—*Nunca, nunca* —musita ella como respuesta.

Un jadeo.

Otro gemido.

Crujidos.

El sonido de un cierre.

—*Te amo muchísimo, Charlie.*

Ruidos de cuerpos moviéndose en la cama.

Respiraciones pesadas. Muchas. Provienen de las bocinas que nos rodean y también de nuestras bocas mientras estamos sentados aquí y escuchamos esto.

—*Oh, Dios... Silas.*

Dos respiraciones rápidas.

Besos desesperados.

Un claxon estruendoso, se traga los sonidos que provienen de mis bocinas.

Me enredo con el teléfono y se me cae al piso. Las luces de unos faros están brillando sobre mi carro. De pronto unos puños golpean la ventanilla de Charlie y antes de que yo recupere el teléfono del piso, la puerta se abre.

—*Tu tacto es increíble, Charlie* —mi voz brota de las bocinas.

Una carcajada estalla en la boca de la chica que ahora está sosteniendo la puerta abierta de Charlie. Se sentó con nosotros en el almuerzo, pero no logro recordar su nombre.

—¡Dios mío! —dice ella, dando un empujoncito a Charlie en el hombro—. ¿Están viendo un video porno? —Se da vuelta y grita hacia el carro cuyos faros aún brillan a través de las ventanillas—. ¡Char y Si están viendo porno! —Sigue riendo hasta que finalmente recupero el teléfono y oprimo pausa. Bajo el volumen de la radio. Charlie mira alternativamente a la chica y a mí, con los ojos bien abiertos.

—Ya nos íbamos —advierto—. Charlie tiene que llegar a su casa.

La chica se ríe, sacudiendo la cabeza.

—Oh, por favor —dice mirando a Charlie—. Tu mamá probablemente está tan borracha que debe creer que ya estás en la cama ahora. Síganos, vamos a casa de Andrew.

Charlie sonríe mientras niega con la cabeza.

—No puedo, Annika. Te veo mañana en la escuela, ¿sí?

Annika parece sumamente ofendida. Hace un ruidito de burla mientras Charlie jala la puerta para cerrarla, a pesar de que ella se interpone. La chica se hace a un lado. Charlie cierra la puerta y le pone seguro.

—Arranca —ordena.

Lo hago. Con gusto.

Estamos como a kilómetro y medio de la gasolinera cuando Charlie se aclara la garganta. No ayuda en nada que su voz salga como un susurro rasposo.

—Probablemente debes borrar ese video.

No me gusta su sugerencia. Ya había planeado reproducirlo esta noche, al llegar a casa.

—Podría haber una pista en él —le digo—. Creo que debo verlo de nuevo. Descubrir cómo termina.

Ella sonríe. Justo en ese instante mi teléfono indica que he recibido un mensaje de texto. Lo abro y veo una notificación de *Papá* en la parte superior de la pantalla. Abro mis mensajes.

Papá
Ven a casa. Solo, por favor.

Muestro el mensaje de texto a Charlie y ella asiente.

—Puedes dejarme en mi casa.

El resto del viaje es ligeramente incómodo. El video que acabamos de ver juntos, de alguna manera, nos ha hecho considerar al otro bajo una luz diferente. No necesariamente una luz mala, tan sólo diferente. Antes, cuando la miraba, sólo era la chica que experimenta este extraño fenómeno conmigo. Ahora, cuando la veo, miro a la chica con la que se supone que hago el amor. La chica con la que, al parecer, he hecho el amor desde hace tiempo. La mujer a la que aparentemente *todavía* amo. Tan sólo desearía recordar cómo se siente.

Después de contemplar la obvia conexión que alguna vez tuvimos, me confunde más que ella se haya enredado con ese tipo, Brian. Pensar en él me llena ahora de una sensación de furia y celos mucho mayor que antes de vernos juntos en ese video.

Cuando doy vuelta sobre la entrada de su casa y nos detenemos, ella se baja de inmediato. Mira la fachada oscura frente a nosotros. Hay una luz tenue en la ventana de enfrente, pero no hay indicios de movimiento dentro.

—Trataré de hablar con mi hermana esta noche. Tal vez me dé una idea más clara de lo que sucedió anoche cuando llegué a casa.

—Probablemente es una buena idea —le digo—. Haré lo mismo con mi hermano. Tal vez descubra cómo se llama.

Ella se ríe.

—¿Quieres que pase mañana por ti para ir a la escuela?

Asiente.

—Si no es molestia.

—Para nada.

Vuelve el silencio. Recuerdo los suaves sonidos que ella dejaba escapar en el video que aún está en mi teléfono, gracias a Dios. Estaré oyendo su voz en mi cabeza toda la noche. En realidad, espero con ansias lo que va a suceder.

—¿Sabes? —dice, dando unos golpecitos en la puerta con sus dedos—. Tal vez mañana cuando despertemos nos encontraremos perfectamente bien. Tal vez incluso hayamos olvidado lo que sucedió hoy y todo vuelva a la normalidad.

Podemos abrigar esa esperanza, pero tengo la corazonada de que no sucederá. Mañana vamos a despertar tan confundidos como estamos ahora mismo.

—Apuesto que no —confieso—. Recorreré el resto de mis correos y mensajes esta noche. Tú debes hacer lo mismo.

Asiente de nuevo y luego, por fin, gira la cabeza para verme a los ojos.

—Buenas noches, Silas.

—Buenas noches, Charlie. Llámame si tú…

—Estaré bien —me interrumpe rápidamente—. Te veo en la mañana. —Empieza a caminar hacia su casa. Quiero gritarle, decirle que espere. Quiero saber si se pregunta lo mismo que yo: «¿Qué significa *Nunca, nunca*?».

7

Charlie

Creo que si vas a ser infiel debe ser con alguien digno del pecado. No puedo asegurar si estas son ideas de la vieja o de la nueva Charlie. O tal vez, como estoy observando la vida de Charlie Wynwood desde lejos, puedo analizar su infidelidad con desprendimiento más que con prejuicio. Todo lo que sé es que si vas a engañar a Silas Nash tendría que ser con alguien mejor que Ryan Gosling.

Me doy la vuelta para mirarlo antes de que se aleje en el coche, atrapo un atisbo de su perfil, mientras la luz tenue de la calle ilumina su cara. El puente de su nariz es tosco. En la escuela, los otros chicos tenían narices bonitas y otras demasiado grandes para sus caras. O peor aún, narices picadas por el acné. Silas tiene una nariz de hombre grande. Hace que lo tomen más en serio.

Regreso a la casa. Siento el estómago aceitoso. No hay nadie alrededor cuando abro la puerta y miro adentro. Me siento como una intrusa que entra sin permiso.

—¿Hola? —digo—. ¿Hay alguien aquí?. —Cierro la puerta con suavidad detrás de mí y entro en la sala de puntitas.

Pego un salto.

La madre de Charlie está en el sillón mirando *Seinfeld* sin sonido y comiendo frijoles directamente de la lata. De pronto recuerdo que todo lo que he ingerido hoy es el queso asado que compartí con Silas.

—¿Tienes hambre? —le pregunto titubeante. No sé si aún está enojada conmigo o si va a soltarse a llorar de nuevo—. ¿Quieres que haga algo de comer?

Ella se inclina hacia delante sin mirarme y deja sus frijoles sobre la mesita del café. Doy un paso para acercarme y digo una palabra forzada:

—¿Mamá?

—No te va a responder.

Volteo para ver a Janette caminando por la cocina, con una bolsa de Doritos en la mano.

—¿Eso es lo que cenas? —Se encoge de hombros—. ¿Qué eres, alguien de catorce años?

—¿Quién eres tú, alguien con muerte cerebral? —me responde, gritando, y luego—: Sí, tengo catorce años.

Le quito los Doritos de la mano y los llevo adonde la borracha de mi madre está viendo la pantalla del televisor.

—Las niñas de catorce años no pueden cenar chatarra —reclamo, dejando caer la bolsa en sus piernas—. Recupera la sobriedad y sé una mamá.

No hay respuesta.

Voy hacia el refrigerador y lo abro, todo lo que hay dentro es una docena de latas de Coca-Cola de dieta y un frasco de pepinillos.

—Agarra tu chamarra, Janette —digo, mirando a la mujer en la sala—. Vamos a cenar algo.

Janette me mira como si estuviera hablando chino mandarín. Supongo que tengo que decir algo rudo para mantener las apariencias.

—¡Apúrate, pedazo de mierda!

Ella regresa corriendo a nuestro cuarto mientras busco las llaves de un auto por la casa. ¿Qué tipo de vida llevamos? ¿Y quién es esa criatura en el sillón? Seguramente no fue así siempre. Miro su nuca y siento una oleada de simpatía. Su esposo, mi padre, está en prisión. ¡Prisión! Eso es algo importante. ¿De dónde sacamos dinero para vivir?

Hablando de dinero, reviso mi cartera. Los veintiocho dólares siguen allí. Eso debe bastar para comprarnos algo más que Doritos.

Janette sale de la recámara con una chamarra verde en el momento exacto en que encuentro las llaves. El verde le queda bien, le quita un poco el aspecto de adolescente angustiada.

—¿Lista? —pregunto.

Eleva la vista al techo.

—Muy bien, entonces, mami querida… ¡Vamos por algo de comida! —grito antes de cerrar la puerta… Más que nada para ver si trata de detenerme.

Dejo que Janette vaya adelante rumbo al garaje, trato

de anticipar qué tipo de carro tenemos. No va a ser una Land Rover, eso es seguro.

—Oh —exclamo ante la sorpresa—. ¿Esta cosa funciona?

Ella me ignora, se pone sus audífonos mientras yo miro el carro. Es un Oldsmobile realmente viejo. Más viejo que yo. Huele a humo de cigarro y a gente vieja. Janette se sienta en el asiento del copiloto sin decir una palabra. Mira por la ventanilla.

—Está bien, entonces, parlanchina —digo—. Veamos cuántas cuadras podemos avanzar antes de que esta cosa se descomponga.

Tengo un plan. El recibo que encontré en el pantalón que traía ayer tiene la fecha del viernes pasado y es de The Electric Crush Diner en el barrio francés. Lo malo es que esta porquería de carro no incluye GPS. Tendré que descubrirlo yo misma.

Janette permanece en silencio mientras salimos. Traza líneas en la ventana con su dedo, echando vaho una y otra vez en el cristal con su aliento. La miro por el rabillo del ojo; pobre niña. Su mamá es una alcohólica y su papá está en prisión (es bastante triste). También me odia. Eso la deja muy sola en el mundo. Me doy cuenta, con sorpresa, de que Charlie está en la misma situación. Excepto, tal vez, que ella tiene a Silas (o *tenía* a Silas antes de que lo engañara con Brian). *Auch.* Sacudo los hombros para deshacerme de todos mis pensamientos. Odio a estas personas. Son tan molestas. Excepto Silas, quien más o menos me agrada.

Más o menos.

The Electric Crush Diner está en la North Rampart Street. Encuentro estacionamiento en una esquina concurrida y tengo que meter el coche entre un camión y un Mini Cooper. «Charlie es excelente para estacionarse», pienso con orgullo tras la maniobra. Janette se baja detrás de mí y se queda parada en la banqueta, como si estuviera perdida. El restaurante se encuentra al otro lado de la calle. Trato de mirar por los ventanales, pero están oscurecidos. El letrero destella en color rosa sobre la puerta del frente.

—Vamos —le digo. Extiendo mi mano hacia ella, pero retrocede—. ¡Janette! ¡Vamos! —Me acerco a ella con un movimiento agresivo y agarro su mano. Trata de apartarse de mí, pero la aprieto con fuerza, arrastrándola al otro lado de la calle.

—¡Suél-ta-me!

En cuanto llegamos al otro lado, me doy vuelta para enfrentarla.

—¿Cuál es tu problema? Deja de actuar como una…
—«niña de catorce años», termino en mi cabeza.

—¿Qué? —dice ella—. ¿Y por qué te preocupa cómo actúo? —Su labio inferior sobresale como si estuviera a punto de llorar.

Me arrepiento de ser tan dura con ella. Sólo es una niña con pechos pequeños y un cerebro podrido por las hormonas.

—Eres mi hermana —digo con suavidad—. Es hora de que estemos juntas, ¿no crees?

Por un minuto creo que va a decir algo (tal vez algo suave, agradable, fraternal), pero sale disparada hacia el restaurante y empuja la puerta. «Demonios». Es una personita difícil. La sigo al interior (con un poco de timidez) y me detengo de golpe.

No es lo que pensaba. En realidad no se trata de un restaurante, sino más bien de un club con gabinetes alineados en las paredes. En medio del lugar hay algo que parece una pista de baile. Janette está parada cerca del bar, mirando alrededor como hechizada.

—¿Vienes aquí a menudo? —me pregunta.

Mis ojos van de los gabinetes de piel negra a los pisos de mármol oscuro. Todo es negro, excepto los letreros de color rosa brillante que cuelgan en las paredes. La decoración resulta mórbida y adolescente.

—¿Les puedo ayudar en algo? —Un hombre sale por una puerta en el extremo de la barra, cargando una gran cantidad de cajas. Es joven (de unos veinte años). Me agrada su aspecto porque lleva un chaleco negro sobre una camisa rosa. «A Charlie debe gustarle el rosa».

—Tenemos hambre —digo con brusquedad.

Él sonríe a medias y mueve la cabeza en dirección a un gabinete.

—Falta una hora para que abra la cocina, pero veré qué pueden prepararles, si gustan sentarse.

Muevo la cabeza afirmativamente y camino directo al gabinete, jalando a Janette conmigo.

—Estuve aquí —le digo—. El fin de semana.

—Oh —es todo lo que ella responde después de estudiar las uñas de sus manos.

Minutos después, el tipo de la camisa rosa sale del fondo, silbando. Se acerca y coloca las dos manos sobre la mesa.

—Charlie, ¿verdad? —pregunta.

Yo afirmo, atontada, con un movimiento de cabeza. «¿Cómo sabe...? ¿Cuántas veces he...?».

—La cocina me está haciendo un pollo asado. ¿Qué dicen si lo comparto con ustedes? De todos modos, no tendremos nada qué hacer hasta dentro de un par de horas.

Afirmo con la cabeza de nuevo.

—Bien. —Golpea la mesa con su palma y Janette salta. Nos señala—. ¿Coca? ¿Sprite? ¿Shirley Temple?

Ella levanta la vista al techo.

—Coca-Cola de dieta —dice.

—¿Y tú, Charlie?

No me gusta la manera en que pronuncia mi nombre. Es demasiado... familiar.

—Coca-Cola —digo rápidamente.

Cuando se aleja, Janette se inclina hacia delante, con las cejas unidas.

—Siempre tomas refresco de dieta —comenta en tono acusatorio.

—¿Sí? Bueno, me siento un poco extraña.

Ella hace un ruidito desde el fondo de su garganta.

—No me digas —sentencia.

La ignoro y trato de echar un vistazo alrededor. ¿Qué estábamos haciendo Silas y yo aquí? ¿Es un lugar al que venimos a menudo? Paso la lengua por mis labios.

—Janette —comienzo a hablar—. ¿Alguna vez te he contado de este lugar?

Ella parece sorprendida.

—¿Te refieres a todas las veces que hemos tenido pláticas de corazón a corazón cuando apagamos la luz por la noche?

—Está bien, está bien, comprendo. Realmente soy una hermana de mierda. Por Dios. Supéralo ya. Estoy extendiendo una ramita de olivo.

Janette arruga la nariz.

—¿Qué significa eso?

Suspiro.

—Estoy tratando de hacer las paces contigo. Empezar de cero.

Justo entonces el sujeto que nos ha estado atendiendo trae nuestras bebidas. Le lleva a Janette un Shirley Temple aunque ella pidió una Coca-Cola de dieta. Su cara muestra decepción.

—Ella quería una Coca-Cola de dieta —digo.

—Le va a gustar —responde—. Cuando yo era niño…

—Tan sólo tráele su refresco.

Él levanta las manos como rindiéndose.

—Seguro, princesa.

Janette me mira a través de sus pestañas.

—Gracias.

—No hay problema —digo—. No puedes confiar en un tipo que lleva una camisa rosa.

Mi hermana parece sonreír y me siento triunfante. No puedo creer que pensé que este tipo era atractivo. No puedo creer que me gustara Brian. ¿Qué demonios estaba mal conmigo?

Levanto mi teléfono y veo que Silas me ha enviado varios mensajes. *Silas.* Me gusta Silas. Me gusta algo en su voz tranquilizadora y sus modales de niño bueno. Y su nariz…, tiene una nariz bonita y traviesa.

El tipo regresa con el pollo y un plato de puré de papas. Es mucha comida.

—¿Me puedes repetir tu nombre? —pregunto.

—Eres una perra, Charlie —me espeta, colocando un plato frente a mí. Mira a Janette—. Discúlpame —dice.

Ella se encoge de hombros.

—¿Cómo te llamas? —pregunta mi hermana, con la boca llena.

—Dover. Así me dicen mis amigos.

Yo muevo la cabeza de arriba abajo. «Dover».

—Así que el fin de semana… —suelto casualmente. Dover da una mordida.

—Sí, eso estuvo loco. No esperaba que regresaras aquí tan pronto.

—¿Por qué no? —pregunto. Trato de parecer despreocupada, pero dentro de mí estoy saltando como si me dieran choques eléctricos.

—Bueno, tu chico estaba muy enojado. Pensé que iba a explotar antes de que lo echaran.

—¿Iba a explotar…? —cambio el tono para que no parezca una pregunta—. Iba a explotar. Sí. Eso fue…

—Tú parecías muy molesta —sostiene Dover—. No te culpo. Te habría gustado este lugar si Silas no lo hubiera arruinado.

Me echo hacia atrás en mi asiento, de pronto el pollo me resulta poco apetitoso.

—Sí —aseguro. Miro a Janette, quien nos está observando con curiosidad—. ¿Ya terminaste, mocosa? —le pregunto. Ella asiente, limpiándose los grasosos dedos en una servilleta. Saco un billete de veinte dólares de mi bolso y lo dejo en la mesa.

—No es necesario —dice Dover, apartándolo.

Me inclino hasta que nuestros ojos quedan alineados.

—Sólo mi novio me paga la cena —advierto, mientras dejo el dinero en la mesa. Camino a la puerta, Janette viene detrás de mí.

—Sí, bueno —grita Dover—, si vives con esa regla, ¡puedes comer gratis siete días a la semana!

No me detengo sino hasta llegar al coche. Algo sucedió aquí. Algo que hizo que Silas enloqueciera. Arranco el carro y Janette deja escapar un eructo sonoro. Ambas empezamos a reír al mismo tiempo.

—No más Doritos para la cena —le digo—. Podemos aprender a cocinar.

—Seguro. —Ella se encoge de hombros.

Todos hemos roto las promesas que le hacemos a Janette. Tiene ese aire de amargura. No hablamos el resto del camino a casa. Cuando entro en el garaje, salta fuera del vehículo antes de que apague el motor.

—¡También la pasé muy bien contigo! —le grito.

Imagino que cuando entre, la señora que es nuestra madre me estará esperando (tal vez para fastidiarme por tomar el carro) pero, cuando entro en la casa, todo está a oscuras, excepto por la luz que sale de debajo de la puerta de la recámara de Janette y mía. Mi madre se ha ido a dormir. No le importamos. Es perfecto para la situación en la que me encuentro. Voy a espiar alrededor y a tratar de descubrir qué me pasó sin preguntas ni reglas, pero no puedo dejar de pensar en Janette (en que es una niñita que necesita a sus padres). Todo parece arruinado.

Cuando abro la puerta, Janette está escuchando música.

—Hey —digo. De pronto se me ocurre algo—. ¿Has visto mi iPod?

La música dice mucho de una persona. No es necesario tener memoria para saberlo.

—No sé. —Se encoge de hombros—. Tal vez está con tus demás porquerías en el ático.

«¿Mis demás porquerías?».

«¿El ático?».

De pronto me siento entusiasmada.

Tal vez hay más sobre mí que una colcha sosa y una pila de extrañas novelas. Quiero preguntarle qué clase de porquerías tengo y por qué están en el ático en lugar de en nuestra recámara, pero Janette se ha puesto de nuevo los audífonos y se esfuerza demasiado en ignorarme.

Decido que la mejor ruta es subir al ático y revisar yo misma las cosas. «Ahora, ¿dónde está el ático?».

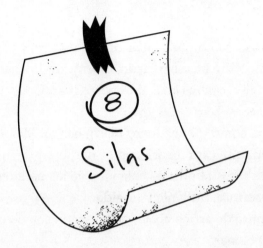

8

Silas

La puerta principal de mi casa se abre mientras estoy estacionando el carro. Ezra sale caminando, retorciendo las manos con nerviosismo. Salgo del coche y camino adonde ella se queda parada, con los ojos bien abiertos.

—Silas —dice con voz temblorosa—. Pensé que él sabía. No hubiera mencionado que Charlie estuvo aquí, pero no parecía que lo estuvieran ocultando, así que imaginé que las cosas habían cambiado y que ella tenía permitido venir...

Levanto la mano para evitar que siga dando excusas innecesarias.

—Está bien, Ezra. De verdad.

Ella suspira y pasa su mano por el delantal que aún trae puesto. No comprendo su nerviosismo, o por qué anticipó que yo estaría furioso con ella. Imprimo más tranquilidad en mi sonrisa de la que probablemente es necesaria. Pero parece que Ezra la requiere.

Ella asiente y me sigue al interior de la casa. Me detengo en el vestíbulo, porque aún no estoy tan familiarizado con la casa como para saber dónde está mi padre en ese momento. Ezra pasa a mi lado, murmura «buenas noches» y se dirige escaleras arriba. Debe vivir aquí.

—Silas.

Suena como mi voz, pero más gastada. Me doy vuelta para toparme cara a cara con el hombre que aparece en todas las fotos familiares colgadas de las paredes. Pero le falta la sonrisa, brillante y fingida.

Me mira de arriba abajo, como si con sólo ver a su hijo se decepcionara.

Se da la vuelta y pasa por una puerta que conduce fuera del vestíbulo. Su silencio y la seguridad de sus pasos exigen que lo siga, y así lo hago. Entramos en su estudio, él rodea lentamente su escritorio y toma asiento. Se inclina hacia delante y dobla sus brazos sobre la caoba.

—¿Te molestaría explicarme?

Estoy tentado a explicar. De verdad. Quiero decirle que no tengo idea de quién es, ni por qué está tan enojado, decirle que no sé quién soy *yo*.

Tal vez debería estar nervioso o intimidado por él. Estoy seguro que el Silas de ayer lo estaría, pero es difícil sentirse intimidado por alguien a quien no conoces en lo absoluto. En lo que a mí concierne, él no tiene poder sobre mí, y el poder es el ingrediente principal de la intimidación.

—¿Qué es lo que debo explicarte? —pregunto.

Mis ojos pasan a una repisa de libros en la pared, detrás de él. Parecen clásicos. De colección. Me pregunto si ha leído alguno de esos libros o si sólo son elementos adicionales para su intimidación.

—¡Silas! —su voz es tan profunda y afilada; se siente como la punta de un cuchillo perforando mis oídos.

Presiono la mano contra el costado de mi cuello y aprieto, antes de mirarlo de nuevo. Está señalando con la vista la silla frente a él, ordenándome en silencio que me siente.

Tengo la sensación de que el Silas de ayer estaría diciendo «sí, señor», ahora mismo. El Silas de hoy sonríe y camina lentamente a su asiento.

—¿Por qué estaba ella en esta casa?

Se refiere a Charlie como si fuera veneno. Habla de ella de la misma manera en que su madre lo hizo conmigo. Miro el brazo de la silla y pico un pedazo de piel gastada.

—No se sentía bien en la escuela. Necesitaba un aventón a casa, y tomamos una desviación rápida.

Este hombre…, «mi padre»…, se echa hacia atrás en su silla. Levanta una mano hasta su quijada y la frota.

Pasan cinco segundos.

Pasan diez segundos.

Quince.

Finalmente, se inclina otra vez hacia mí.

—¿La estás viendo de nuevo?

«¿Es una pregunta capciosa? Porque parece que lo fuera».

Si digo que sí, obviamente se molestará. Si digo que no, significará que lo dejo ganar. No sé por qué, pero no quiero que este hombre gane. Tiene pinta de que está acostumbrado a ganar.

—¿Y qué si la estoy viendo?

Su mano ya no acaricia su quijada, ahora atraviesa el escritorio, apretando el cuello de mi camisa. Me atrae hacia él mientras mis manos se aferran a la orilla del escritorio para oponer resistencia. Quedamos cara a cara; deseo que esté a punto de golpearme. Me pregunto si este tipo de interacción con él es común.

En lugar de pegarme, que sé que es lo que quiere hacer, empuja su puño contra mi pecho y me suelta. Caigo sobre mi asiento, pero sólo por un segundo. Empujo la silla y retrocedo unos pasos.

Tal vez debí golpearlo, pero no lo odio lo suficiente para hacerlo. Tampoco me agrada como para verme afectado por su reacción. Sin embargo, sí me confunde.

Levanta un pisapapeles y lo lanza al otro lado del cuarto, afortunadamente no hacia mí. Choca contra una repisa de madera y tira el contenido al piso: unos cuantos libros, el marco de una fotografía, una roca.

Me quedo quieto, lo miro caminar de un lado a otro, mientras escurren de su frente gruesas gotas de sudor. No comprendo por qué está tan molesto por el hecho de que Charlie estuviera aquí hoy. Sobre todo porque Ezra dijo que crecimos juntos.

Ahora tiene las palmas contra el escritorio. Respira con dificultad; las aletas de su nariz se agitan como las de un toro furioso. En cualquier momento empezará a levantar polvo con los pies.

—Teníamos un acuerdo, Silas. Tú y yo. Yo no te forzaría a testificar si prometías no ver de nuevo a la hija de ese hombre. —Una de sus manos vuela hacia un gabinete cerrado, mientras la otra pasa por lo que queda de un pelo cada vez más delgado—. Sé que no crees que ella tomó esos archivos de esta oficina, ¡pero yo sé que lo hizo! Y la única razón por la que no insistí más con el asunto fue porque tú me *juraste* que no tendríamos que tratar de nuevo con esa familia. Y aquí estás... —Se estremece. Literalmente se estremece—. Aquí estás, trayéndola a esta casa, ¡como si los últimos doce meses nunca hubieran ocurrido! —Más manos exaltadas volando, más expresiones faciales retorcidas—. ¡El padre de esa chica casi *arruinó* a nuestra familia, Silas! ¿Eso no significa una maldita cosa para ti?

«En verdad no», quiero decirle.

Tomo nota mental de que no debo ponerme así de molesto. No le da un aspecto atractivo a los Nash.

Busco algún tipo de emoción que demuestre remordimiento, para que él la vea en mi rostro. Pero es difícil, lo único que estoy experimentando es curiosidad.

La puerta de la oficina se abre y ambos desplazamos nuestra atención a quien se asoma.

—Landon, esto no es asunto tuyo —dice mi padre, con voz suave. Lo encaro de nuevo, sólo para asegurarme de que realmente esas palabras salieron de su boca y no de la de alguien más. Suena casi como la voz de un padre cariñoso, totalmente diferente al monstruo que acabo de atestiguar.

«Landon». Es bueno saber el nombre de mi hermano menor. Me mira.

—Te habla por teléfono el entrenador, Silas.

Miro de vuelta a mi padre, que ahora me da la espalda. Supongo que nuestra conversación ha terminado. Camino hacia la puerta y salgo con gusto del cuarto, seguido de cerca por Landon.

—¿Dónde está el teléfono? —le pregunto al llegar a las escaleras. Es una interrogación válida. ¿Cómo puedo saber si el entrenador llamó a un celular o a la casa?

Landon se ríe y pasa junto a mí.

—No hay llamada. Sólo quería sacarte de allí.

Continúa subiendo las escaleras y lo miro mientras llega arriba, luego da vuelta a la izquierda, y desaparece por el pasillo. «Es un buen hermano», pienso. Me abro paso hacia lo que supongo que es su recámara y toco ligeramente la puerta. Está entreabierta, así que la empujo para entrar.

—¿Landon? —Abro la puerta por completo, está sentado ante un escritorio. Mira brevemente sobre su hombro y luego regresa su atención a la pantalla de su computadora—. Gracias —digo metiéndome en el cuarto. ¿Los hermanos se dan las gracias? Probablemente no. Debí decir algo como: «Te tardaste mucho, imbécil».

Landon gira sobre su silla y ladea la cabeza. Hay una mezcla de confusión y admiración en su sonrisa.

—No estoy seguro de qué te traes entre manos. No fuiste a la práctica y eso nunca había pasado. Actúas como si no te importara en lo más mínimo que Charlie haya estado cogiendo con Brian Finley. ¿Y luego tienes las pelotas para traerla *aquí*? Después de toda la mierda por la que pasaron papá y Brett? —Sacude la cabeza—. Me sorprende que hayas escapado de su oficina sin que hubiera un baño de sangre.

Se voltea de nuevo y me deja para que procese toda la información. Salgo y corro hacia mi habitación.

«Brett Wynwood, Brett Wynwood, Brett Wynwood».

Repito su nombre en mi cabeza para saber exactamente qué buscar cuando llegue a mi computadora. «Seguro tengo una computadora».

Cuando entro en mi cuarto, lo primero que hago es caminar a mi escritorio. Recojo la pluma que Charlie me entregó antes y leo de nuevo el grabado.

WYNWOOD-NASH FINANCIAL GROUP.

Reviso el cuarto hasta que finalmente encuentro una *laptop* metida en el cajón de mi mesita de noche. La enciendo e introduzco la contraseña.

«¿Recuerdo la contraseña?». Agrego esto a la lista de «cosas que no tienen sentido».

Escribo «Wynwood-Nash Financial Group» en el motor de búsqueda por internet. Hago clic en el primer resultado y me lleva a una página que dice: *Nash Finance*, con la notable ausencia de *Wynwood*. Recorro la página hacia abajo con velocidad y no descubro nada que ayude. Sólo mucha información inútil de contacto de la compañía.

Regreso a la página de búsqueda y recorro el resto de los resultados, leyendo cada uno de los encabezados y artículos que siguen:

Los gurús financieros, Clark Nash y Brett Wynwood, cofundadores de Wynwood-Nash Financial Group, han sido acusados de cuatro cargos de conspiración, fraude y comercio ilegal.

Socios durante más de veinte años, los dos magnates financieros ahora se están culpando el uno al otro, asegurando que ambos no tenían conocimiento de las prácticas ilegales descubiertas durante una reciente investigación.

Leo otro.

Clark Nash absuelto de cargos. El codirector de la compañía, Brett Wynwood, sentenciado a quince años por fraude y malversación.

Llego a la segunda página de los resultados de búsqueda cuando la luz de la batería empieza a parpadear en la *laptop*. Abro el cajón, pero ahí no hay ningún cargador. Busco por todos lados. Debajo de la cama, en el clóset, en los cajones de mi tocador.

La *laptop* se apaga durante mi búsqueda. Uso mi teléfono para continuar investigando, pero también está a punto de morirse y el único cargador que encuentro se conecta a la *laptop*. Sigo leyendo porque necesito saber exactamente lo que sucedió para hacer que estas dos familias se odiaran tanto entre sí.

Levanto el colchón, pensando que tal vez el cargador está metido de alguna manera debajo de la cama. No lo encuentro, pero sí doy con lo que parece una libreta. La saco y me siento en la cama. Justo cuando la abro en la primera página, mi teléfono vibra con un mensaje entrante.

Charlie
¿Cómo van las cosas
con tu padre?

Quiero averiguar más antes de decidir lo que debo compartir con ella. Ignoro el mensaje y abro la libreta para toparme con una carpeta llena de papeles. En la parte superior de todos, dice: «Wynwood-Nash Financial Group», pero no entiendo su contenido. Tampoco comprendo por qué estaban escondidos debajo de mi colchón.

Las palabras que Clark Nash me dijo hace poco hacen eco en mi cabeza: «Sé que no crees que ella tomó esos archivos de esta oficina, Silas, pero yo sé que sí lo hizo».

Parece que estaba equivocado, pero ¿por qué los habría tomado *yo*? ¿Para qué los necesitaba?

«¿A quién trataba de proteger?».

Mi teléfono suena otra vez debido a un nuevo mensaje.

Charlie
Hay una bonita función llamada «mensajes leídos». Si vas a ignorar mis mensajes, probablemente deberías desactivarla. ;)

Por lo menos pone una carita guiñando.

Silas
No te estoy ignorando. Sólo estoy cansado. Tenemos que descubrir muchas cosas mañana.

Charlie
Sí.

Es todo lo que dice. No sé si debo contestar a esa poco esforzada respuesta, pero no quiero que se irrite si no lo hago.

Silas
Buenas noches, nenita Charlie ;)

En cuanto lo envío, me retracto. No sé lo que pretendía con esas palabras. No quería ser sarcástico pero, definitivamente, tampoco quería coquetear.

Decido dejar el arrepentimiento para mañana. Por ahora sólo necesito dormir para estar lo suficientemente despierto por la mañana para seguir enfrentando todo esto.

Meto de nuevo la libreta bajo el colchón y descubro un cargador de pared, así que conecto mi teléfono. Estoy demasiado exhausto para seguir buscando; me quito los zapatos. Hasta que me acuesto, me doy cuenta de que Ezra cambió mis sábanas.

Al momento de apagar la lámpara y cerrar los ojos, mi teléfono vibra.

Charlie
Buenas noches, Silas.

No me pasa desapercibida su indiferencia, pero por alguna inexplicable razón, el texto me hace sonreír. Típico de Charlie.

«Creo».

9

Charlie

No es una buena noche.

La puertecita del ático está en el clóset que comparto con mi hermana. Después de que le envío un mensaje a Silas para desearle buenas noches, trepo las tres repisas (que están llenas de ropa) y empujo hacia arriba con la punta de los dedos hasta que la entrada se desplaza a la izquierda. Miro atrás sobre mi hombro y descubro que Janette no ha retirado la vista de su teléfono. Esto debe ser normal (que yo trepe al ático y la deje atrás). Quisiera preguntarle si viene conmigo, pero requerí de un esfuerzo agotador sólo para hacer que fuera a cenar. «En otra ocasión», pienso. Idearé una manera de mejorar las cosas entre nosotras.

No sé por qué, pero mientras me impulso hacia arriba para pasar por el agujero que conduce a un espacio todavía más reducido, imagino la cara de Silas; su piel bronceada, suave. Sus labios carnosos. Cuántas veces habré probado su boca y aun así no puedo recordar un solo beso.

El aire está caliente y cargado. Me arrastro sobre las rodillas hasta una pila de almohadas y dejo caer mi espalda contra ellas, estirando las piernas. Hay una lámpara de mano sobre una pila de libros. La enciendo, examino los lomos; son historias que conozco, pero no recuerdo haberlas leído. Qué extraño estar hecha de carne equilibrada sobre huesos y llena de un alma que no conoces.

Levanto los libros de uno en uno y leo la primera página. Quiero saber quién es ella (quién *soy yo*). Cuando me canso, tomo un libro más grande de la parte inferior, encuadernado en piel roja arrugada. Mi idea inmediata es que he encontrado mi diario. Me tiemblan las manos mientras abro sus páginas.

No es un diario. Es un cuaderno de recortes. Cartas de Silas.

Lo sé porque todas están firmadas con una «S» aguda, casi parece un rayo. Y sé que me gusta su letra, directa y distintiva. Unida con un clip en la parte superior de cada nota hay una foto (supongo que Silas la ha tomado). Leo una tras otra; sus palabras fluyen. Cartas de amor. Silas está enamorado.

«Es hermoso».

Le gusta imaginar una vida conmigo. En una carta, escrita en la parte de atrás de una bolsa de papel café, describe a detalle la manera en que pasaremos Navidad cuando tengamos nuestro propio hogar: sidra de manzana con alcohol junto al árbol de Navidad, masa cruda de galletas que comeremos antes de hornearla. Escribe que quiere hacer el amor conmigo mientras el cuarto está iluminado sólo por la luz de las velas, para ver mi cuerpo brillando bajo ese resplandor. La fotografía unida a la nota es de un pequeño árbol de Navidad que parece estar en su recámara. Debimos ponerlo juntos.

Encuentro otro texto al reverso de un recibo en donde detalla lo que se siente estar dentro de mí. Siento que el calor aumenta en mi cara mientras leo la nota una y otra vez, disfrutando de su lujuria. La foto que acompaña sus palabras es de un hombre desnudo. Sus fotos son fuertes y emotivas, igual que sus letras. Me quitan el aliento. No estoy segura de que la parte de mí que no puedo recordar está enamorada de él. Sólo siento curiosidad por el chico de pelo oscuro que me mira de una forma muy intensa.

Pongo la nota a un lado; experimento la sensación de estar espiando la vida de alguien más. Cierro el cuaderno. Esto pertenecía a Charlie. Yo no soy ella. Me quedo dormida rodeada por las palabras de Silas, la salpicadura de letras y frases que giran en mi cabeza hasta que…

Una chica cae de rodillas frente a mí.

—Escúchame —susurra—. No tenemos mucho tiempo…

Pero no la escucho. La aparto y ella se va. Estoy de pie en el exterior. Hay una fogata en un viejo bote de basura. Froto mis manos para calentarlas. Desde algún lugar escucho un saxofón, pero el sonido se convierte en un grito. Es ahí cuando corro. Atravieso el fuego que estaba en el bote de basura, pero que ahora se ha extendido por todos lados. Sus lenguas consumen los edifi-

cios a lo largo de la calle. Corro; me ahogo con el humo, hasta que veo un escaparate de fachada rosa que está libre de llamas, aunque todo se quema alrededor. Es una tienda de curiosidades. Abro la puerta sin pensarlo porque es el único lugar a salvo del fuego. Silas me está esperando allí. Me conduce a un cuarto en el fondo. Pasamos huesos, libros y botellas. Una mujer está sentada en un trono hecho con un espejo roto y me mira hacia abajo con una ligera sonrisa en los labios. Las piezas del espejo reflejan pedazos de luz por las paredes, donde se agitan y bailan. Me doy vuelta para mirar a Silas, para preguntarle dónde estamos, pero se ha ido.

—¡De prisa!

Despierto de un salto.

Janette está inclinada dentro de este estrecho espacio, me agita un pie.

—Levántate —dice—. Ya no te quedan más faltas en la escuela.

Todavía estoy en el rincón húmedo del ático. Me sacudo el sueño de los ojos y bajo tras ella hasta nuestro cuarto. Me conmueve que sepa que no me quedan más faltas en la escuela y que se preocupe lo suficiente para despertarme. Estoy temblando cuando llego al baño y abro la regadera. No me he despertado del sueño. Todavía puedo ver mi reflejo en los fragmentos rotos de ese trono.

El fuego entra y sale de mi visión, esperando detrás de mis párpados cada vez que pestañeo. Si me concentro, puedo oler la ceniza por encima del aroma del jabón de baño, por encima del champú extremadamente dulce que vierto sobre mi mano. Cierro los ojos y trato de recordar las palabras de Silas… «Eres cálida y húmeda, tu cuerpo me aprieta como si no quisiera que me fuera».

Janette golpea la puerta.

—¡Se nos hace tarde! —grita.

Me apresuro a vestirme y llegamos a tropezones a la puerta, me doy cuenta de que ni siquiera sé cómo pretende Janette que lleguemos a la escuela. Ayer le dije a Silas que me recogiera.

—Amy ya debería estar aquí —dice Janette.

Cruza los brazos sobre el pecho y mira hacia la calle; como si ni siquiera soportara verme. Saco el teléfono y le envío un mensaje a Silas para hacerle saber que no me recoja. También reviso si la tal Amy me ha enviado algún mensaje, estoy en eso cuando un pequeño Mercedes plateado da vuelta en la esquina.

—Amy —digo.

Me pregunto si es alguna de las chicas con quienes almorcé ayer. Apenas tomé nota de sus nombres y caras. El carro se estaciona junto a la acera y caminamos hacia él. Janette se sube al asiento de atrás sin decir palabra; después de unos segundos de deliberación, abro la puerta del frente. Amy es negra. La miro con sorpresa durante un minuto antes de subir al auto.

—Hola —dice sin mirarme. Agradezco su distracción porque así tengo un momento para inspeccionarla.

—Qué tal.

Es bonita; su pelo, que es más claro que su piel, está trenzado hasta la cintura. Parece a gusto conmigo, sin mencionar que nos está dando a mi hermana y a mí un aventón a la escuela. Creo que debemos ser buenas amigas.

—Me da gusto ver que ya te sientes mejor. ¿Ya pensaste lo que vas a hacer con Silas? —me pregunta.

—Yo... Yo... Este... ¿Silas?

—Ajá —dice—. Es lo que pensaba. Todavía no sabes. Es una pena, porque ustedes realmente son una gran pareja cuando se esfuerzan.

Me siento en silencio hasta casi llegar a la escuela, cuestionándome a qué se refiere.

—Amy —digo—. ¿Cómo describirías mi relación con Silas a alguien que no nos conoce?

—¿Ves?, ese es tu problema —me contesta ella—. Siempre quieres jugar.

Se estaciona frente a la escuela y Janette salta del auto. Todo parece programado por un reloj.

—¡Adiós! —grito mientras la puerta se cierra—. Es tan grosera —menciono, mirando de nuevo al frente.

Amy hace un gesto.

—¿Y tú eres la reina de la amabilidad? De verdad, no sé lo que te pasa. Estás más rara que nunca.

Me muerdo los labios mientras entramos en el estacionamiento de la preparatoria. Abro la puerta antes de que el carro se haya detenido.

—¿Qué diablos, Charlie?

No espero a escuchar nada más. Corro a la escuela, con los brazos apretados con fuerza alrededor de mi torso. ¿Todos me odian? Hundo la cabeza mientras paso por las puertas. Necesito encontrar a Silas. La gente me mira mientras camino por el pasillo. No volteo a la izquierda ni a la derecha, pero puedo sentir sus ojos. Cuando saco mi teléfono para enviarle un mensaje a Silas, ya no está. Aprieto el puño. Lo tenía hace rato, cuando le escribí para avisarle que ya no necesitaba aventón. Debí dejarlo en el carro de Amy.

Voy de regreso al estacionamiento cuando alguien grita mi nombre.

«Brian».

Miro alrededor para descubrir quién nos está mirando, él trota hacia mí. Su ojo aún está un poco morado en donde lo golpeé. Me da gusto.

—¿Qué? —espeto.

—Me golpeaste. —Se detiene a unos metros, como si me tuviera miedo. De pronto me siento culpable. No importa a qué estuviéramos jugando antes de que todo esto sucediera, él no tenía la culpa.

—Lo siento —digo—. No me he sentido bien últimamente. No debí hacer eso.

Parece que he dicho exactamente lo que él quería oír. Su cara se relaja y se pasa una mano por la nuca mientras me observa.

—¿Podemos ir a algún lugar más privado para hablar?

Miro alrededor, al pasillo atestado de gente, y sacudo la cabeza.

—No.

—Está bien —dice—. Entonces podemos hacerlo aquí.

Me apoyo en el otro pie y echo un vistazo sobre mi hombro. Dependiendo de cuánto tarde, todavía puedo alcanzar a Amy, tomar las llaves de su auto y…

—O Silas o yo.

Con violencia, giro la cabeza para verlo de frente.

—¿Qué?

—Te amo, Charlie.

Dios mío, siento comezón por todo el cuerpo. Doy un paso atrás, mirando alrededor en busca de ayuda.

—Ahora no es un buen momento para mí, Brian. Necesito encontrar a Amy y…

—Sé que ustedes tienen una historia, pero has sido infeliz durante un largo tiempo. Ese tipo es un imbécil, Charlie. Viste lo que sucedió con el Camarón. Me sorprende…

—¿De qué hablas?

Se desconcierta cuando interrumpo su discurso.

—Estoy hablando de Silas y…

—No, eso del Camarón.

La gente se detiene y comienza a observarnos. Se forman grupos de mirones en los casilleros; ojos, ojos, más ojos en mi cara. Me siento muy incómoda con esto. Lo odio.

—Ella. —Brian apunta con su cabeza hacia la izquierda, justo mientras una chica empuja las puertas y se abre paso

126

entre nosotros. Cuando se da cuenta de que la miro, su cara adquiere un color rosa brillante, como un camarón. La reconozco de mi clase de ayer. Es la chica que estaba en el piso, recogiendo sus libros. Es pequeña. Su cabello tiene un horrible color café verdoso, como si hubiera tratado de teñirlo ella misma y le hubiera quedado espantosamente mal. Pero aunque no lo hubiera teñido, se ve… triste. Mechones tusados, disparejos, grasosos y lacios. Tiene un montón de espinillas en la frente y una nariz chata. La primera palabra que me viene a la mente es *fea*. Pero es más un hecho que un juicio. Camina de prisa y, antes de que yo parpadee, desaparece entre una multitud de espectadores. Tengo la sensación de que no se ha ido. Está esperando detrás de todos (quiere oír). Siento algo…; cuando veo su cara siento algo.

La cabeza me da vueltas, Brian estira una mano hacia mí. Dejo que me tome por el codo y que me jale hacia su pecho.

—O Silas o yo —repite. Está siendo muy valiente, ya antes le pegué por tocarme. Pero no estoy pensando en él, sino en la chica, el Camarón. Me pregunto si ella está allá atrás, oculta entre los demás—. Necesito una respuesta, Charlie.

Me sujeta tan cerca que cuando miro su cara puedo apreciar las pecas en sus ojos.

—Entonces es Silas —murmuro en voz baja.

Se paraliza. Puedo sentir la rigidez de su cuerpo.

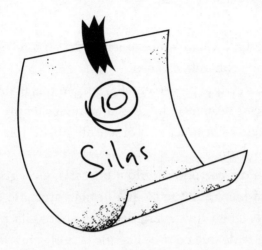

10

Silas

—¿Hoy sí te vas a aparecer por la práctica? —pregunta Landon.

Está parado afuera de mi puerta. Ni siquiera recuerdo haber entrado al estacionamiento de la escuela, mucho menos haber apagado el carro. Afirmo con la cabeza, pero no logro verlo a los ojos. He estado tan perdido en mis propios pensamientos durante el viaje, que no traté de sondearlo en busca de información.

Estoy paralizado por el hecho de no haber despertado con recuerdos. Esperaba que Charlie tuviera razón: que al amanecer todo volvería a la normalidad. Pero no tengo memoria de mi pasado y nada es normal.

O por lo menos yo no tuve esa suerte. No he hablado con Charlie desde anoche, y su mensaje de esta mañana no revelaba nada.

Ni siquiera lo abrí. Parpadeó en mi pantalla bloqueada y vi lo suficiente de la primera frase para que me hiciera sentir algo desagradable. Mis pensamientos de inmediato se pusieron a vagar sobre quién podría ir a recogerla y si ella estaba contenta con eso.

Cada vez que pienso en ella, surgen mis instintos protectores; no sé si ha sido de esta manera siempre o si pasa así porque es la única con quien me puedo relacionar en este momento.

Salgo del carro, decidido a buscarla, a asegurarme de que está bien, aunque sé que lo más probable es que lo esté. No tengo que averiguar más sobre ella para estar consciente de que no necesita que la proteja. Es ferozmente independiente.

Eso no significa que dejaré de intentarlo.

Cuando entro en la escuela, me doy cuenta de que no sé dónde empezar a buscarla. Ninguno de los dos puede recordar cuáles son nuestros casilleros y, considerando que esto nos sucedió durante la cuarta clase el día de ayer, no tenemos idea de cuáles son nuestras clases de la primera, segunda y tercera horas.

Decido pasar por la administración y ver si puedo conseguir una copia de mi horario de clases. Espero que Charlie haya pensado en hacer lo mismo, porque dudo que me den el de ella.

La secretaria no me resulta familiar, pero ella sonríe como si me conociera.

—¿Vienes a ver a la señorita Ashley, Silas?

«La señorita Ashley».

Empiezo a negar con la cabeza, pero me señala en dirección a la puerta abierta de una oficina. Quienquiera que sea la señorita Ashley, debo visitarla con la frecuencia suficiente como para que mi presencia en la oficina parezca usual.

Antes de que llegue a la puerta, sale una mujer. Es alta, atractiva y extremadamente joven como para ser una empleada. Lo que sea que haga aquí, no lo ha hecho durante mucho tiempo. Por su edad, se ve que apenas acaba de terminar la universidad.

—Señor Nash —dice con una vaga sonrisa. Echa su pelo rubio hacia atrás del hombro—. ¿Tiene cita?

Hago una pausa y me detengo. Miro de vuelta a la secretaria justo cuando la señorita Ashley hace una seña con la mano de que no importa.

—Está bien, tengo unos minutos. Entra.

Paso con cautela junto a ella, miro la placa en la puerta mientras entro en la oficina.

AVRIL ASHLEY, ORIENTADORA.

Cierra la puerta detrás de mí y yo paso la vista por la habitación, que está decorada con citas motivacionales y carteles que muestran mensajes positivos. De pronto me siento incómodo. Atrapado. Debí decir que no necesitaba verla, pero espero que esta orientadora («alguien a quien aparentemente visito con frecuencia») sepa algunas cosas de mi pasado que puedan ayudarnos a Charlie y a mí.

Me doy la vuelta, justo cuando la mano de la señorita Ashley cierra la puerta y alcanza el cerrojo. Se gira y se acerca hacia mí con parsimonia. Sus manos encuentran mi pecho y, justo antes de que su boca se conecte con la mía, tropiezo hacia atrás y caigo contra un archivero.

«Guau. ¿Qué demonios?».

Parece ofendida de que me haya apartado, no resulta ser mi comportamiento habitual.

«¿Me estoy acostando con la orientadora?».

De inmediato pienso en Charlie y, con base en nuestra obvia falta de compromiso, me pregunto qué tipo de relación teníamos. «¿Por qué seguíamos juntos?».

—¿Hay algún problema? —pregunta la señorita Ashley.

Me giro levemente y me aparto unos pasos de ella, hacia la ventana.

—No me siento muy bien hoy. —La miro a los ojos y me esfuerzo por sonreír—. No quiero contagiarte.

Mis palabras la tranquilizan, acorta el espacio entre nosotros de nuevo, esta vez se inclina y presiona sus labios contra mi cuello.

—Pobrecito —ronronea—. ¿Quieres que te haga sentir mejor?

Tengo los ojos muy abiertos, analizo todo el lugar, trato de trazarme una ruta de escape. Mi atención recae en la computadora de su escritorio y en una impresora detrás de su silla.

—Señorita Ashley —digo, apartándola con gentiliza de mi cuello.

«Esto está mal por donde se le vea».

Ella se ríe.

—Nunca me llamas así cuando estamos solos. Se oye raro.

Ella actúa demasiado cómoda conmigo. Necesito salir de aquí.

—Avril —digo, sonriendo de nuevo—. Necesito un favor. ¿Puedes imprimir copias de mi horario y del de Charlie?

Se endereza de inmediato, su sonrisa se esfuma ante la mención del nombre de Charlie. «Motivo de polémica, según parece».

—Estoy considerando cambiar algunas clases para no estar cerca de ella.

«Nada más lejos de la verdad».

La señorita Ashley («Avril») desliza sus dedos por mi pecho, hacia abajo, mientras la sonrisa reaparece en su rostro.

—Bien, ya era hora. Por fin decidiste tomar el consejo de tu orientadora.

Su voz exuda sensualidad. Puedo deducir cómo empezaron las cosas con ella, pero me hace sentir superficial. Siento una suerte de odio hacia la persona que era antes.

Me remuevo sobre mis pies mientras ella se abre paso hacia su silla y empieza a escribir en su teclado.

Toma las hojas recién impresas y las acerca a mí. Trato de arrancarle los horarios de la mano, pero ella los aparta con una sonrisa.

—Uff —dice, moviendo lentamente su cabeza—. Estas van a costarte.

Se inclina contra su escritorio y deja las hojas detrás de ella, cara abajo. Vuelve a mirarme a los ojos y sé que no podré irme sin complacerla, lo último que quisiera hacer ahora.

Doy dos pasos lentos hacia ella y coloco mis manos a sus costados. Me inclino hasta su cuello y puedo escuchar sus jadeos mientras empiezo a hablar.

—Avril, sólo me quedan cinco minutos antes de mi próxima clase. No hay manera de que pueda hacerte todo lo que quiero en tan sólo cinco minutos.

Deslizo mi mano hacia los horarios y retrocedo con ellos. Se muerde el labio inferior, mirándome con ojos ardientes.

—Regresa durante el almuerzo —susurra—. ¿Una hora será suficiente, señor Nash?

Le guiño un ojo.

—Supongo que así tendrá que ser —digo, mientras me dirijo a la puerta. No me detengo hasta que estoy en el otro extremo del corredor, fuera de su alcance.

El lado irresponsable de mi yo de dieciocho años de edad quiere felicitarme porque en apariencia me he estado acostado con la orientadora escolar, pero el lado razonable desea golpearme por hacerle algo así a Charlie.

Charlie es obviamente la mejor opción, y detesto saber que estaba poniendo nuestra relación en riesgo.

Pero, por el otro lado, también lo hacía Charlie.

Por fortuna, los horarios incluyen los números y las combinaciones de nuestros casilleros. El de ella es el 543 y el mío el 544. Supongo que eso fue intencional.

Abro primero mi casillero y encuentro tres libros dentro. Hay una taza de café medio vacía y una envoltura de un rollo de canela. Hay dos fotografías pegadas con cinta en el interior del casillero: una donde estamos Charlie y yo, la otra de ella sola.

Desprendo la foto de ella y la observo. ¿Por qué, si no éramos felices juntos, tengo fotografías suyas en mi casillero? Especialmente esta. Es obvio que yo la tomé, tiene un estilo similar a las fotografías de mi cuarto.

Está sentada con las piernas cruzadas en un sillón. Tiene la cabeza ligeramente ladeada y mira directo a la cámara.

Sus ojos son intensos, atraviesan la lente hasta mi interior. Muestra, al mismo tiempo, confianza y comodidad, y aunque no sonríe, me doy cuenta de que se siente feliz. Cuando sea que la tomé, fue un buen día para ella. Para nosotros. Sus ojos gritan mil cosas en la imagen, pero la más sonora es: «¡Te amo, Silas!».

La miro un rato más y luego la regreso al casillero. Reviso mi teléfono para ver si me ha enviado algún mensaje. Nada. Miro alrededor, justo cuando Landon se acerca por el pasillo. Me lanza unas palabras por encima del hombro al pasar junto a mí.

—Parece que Brian aún no se sale del juego, hermano.

Suena la campana.

Miro hacia la dirección en que venía Landon y aprecio que haya una multitud de estudiantes al final del corredor. La gente parece estancada, observan algo. Algunos voltean a verme, otros tienen los ojos fijos en lo que está pasando al final del pasillo. Empiezo a caminar hacia allá, la atención de todos cae sobre mí mientras paso.

Comienza a formarse un hueco entre el gentío y es entonces cuando la veo. Está de pie contra una fila de casilleros, abrazándose a sí misma. Brian está recargado contra uno de los casilleros, mirándola con intensidad. Él se ve muy adentrado en la conversación, ella parece que está en guardia. Él me distingue casi de inmediato y su postura y expresión se vuelven rígidas. Charlie sigue su mirada hasta que sus ojos aterrizan sobre los míos.

Aunque puedo suponer que ella no necesita que la rescate, demuestra cierto alivio en cuanto nuestras miradas se topan. Una sonrisa se asoma en sus labios. Lo único que quiero es apartarlo de ella. Dedico un par de segundos a deliberar qué hacer. ¿Debo amenazarlo? ¿Debo golpearlo con la misma fuerza con que anhelaba hacerlo ayer en el estacionamiento? Siento que ninguna de estas acciones dejaría en claro lo que deseo.

—Debes irte a clase —escucho que dice ella. Sus palabras son rápidas, una advertencia, como si temiera que yo fuera a golpearlo. No tiene de qué preocuparse. Lo que estoy por hacer herirá a Brian Finley mucho más que cualquier golpe.

Suena la segunda campana. Nadie se mueve. Los estudiantes no corren a clase, a pesar de la amenaza de llegar tarde. Ninguno de los que nos rodean se desplaza por el pasillo al sonido del timbre.

Están esperando. Mirando. Aguardan a que empiece una pelea. Me pregunto si eso es lo que haría el viejo Silas. Me pregunto si eso es lo que el nuevo Silas va a hacer.

Ignoro a todos excepto a Charlie, camino con confianza hacia ella, mantengo mis ojos fijos en los suyos todo el tiempo. En cuanto Brian ve que me acerco, se aleja dos pasos. Lo miro directamente mientras estiro mi mano hacia Charlie, dándole la elección de tomarla e ir conmigo o de quedarse donde está.

Siento que sus dedos se deslizan entre los míos y aprieta mi mano con fuerza. La aparto de los casilleros, lejos de Brian, lejos de la multitud de estudiantes. En cuanto damos vuelta en la esquina del pasillo, suelta mi mano y deja de caminar.

—Eso fue un poco dramático, ¿no te parece? —dice.

Me doy la vuelta para quedar frente a ella. Ha entornado los ojos, pero su boca parece sonreír. No sé si está divertida o enojada.

—Esperaban cierta reacción de mí. ¿Qué querías que hiciera, darle una palmadita en el hombro y pedirle cortésmente que me dejara interrumpirlo?

Ella cruza los brazos sobre el pecho.

—¿Qué te hace pensar que necesitaba que hicieras algo?

No comprendo su hostilidad. Anoche, al parecer, habíamos quedado en buenos términos, de modo que me confunde no saber por qué actúa como si estuviera enojada conmigo.

Se frota los brazos de arriba abajo con las manos y luego baja la vista al suelo.

—Lo siento —murmura—. Yo sólo... —Levanta los ojos al techo y gruñe—. Tan sólo lo estaba provocando para sacarle información. Es la única razón por la que estaba en el pasillo con él. No estaba coqueteando.

Su respuesta me toma con la guardia baja. No me gusta que se sienta culpable. No es por eso que la aparté de él, pero ella cree que realmente estoy enojado. Estoy consciente de que no quería estar ahí; tal vez no se da cuenta de lo bien que he aprendido a leer sus reacciones.

Doy un paso hacia ella. Cuando eleva sus ojos para encontrarlos con los míos, sonrío.

—¿Te haría sentir mejor si te confieso que te estaba engañando con la orientadora?

Toma una rápida bocanada de aire y su cara muestra asombro.

—Tú no eras la única que no estaba comprometida en la relación, Charlie. Al parecer, ambos teníamos problemas que necesitábamos resolver, así que no seas tan dura contigo misma.

Alivio probablemente no debería ser la reacción de una chica al descubrir que su novio la ha engañado, pero es definitivamente lo que Charlie siente en este momento.

Puedo verlo en sus ojos y puedo percibirlo en la forma reprimida con que suelta el aire que había aspirado.

—Guau… —dice ella, mientras sus manos caen a lado de su cadera—. ¿Así que técnicamente estamos empatados?

«¿Empatados?». Niego con la cabeza.

—Esto no es un juego que quiera ganar, Charlie. Si acaso diría que ambos perdimos.

En sus labios se extiende una sonrisa espectral, después mira por encima de su hombro.

—Debemos descubrir dónde son nuestras clases.

Recuerdo los horarios y los saco de mi bolsillo.

—No estamos juntos hasta la cuarta clase, historia. Tienes inglés primero. Es en el otro pasillo —le informo, haciendo una seña con la mano hacia el salón de su primera clase.

Ella asiente con agradecimiento y desdobla su horario.

—Qué inteligente —dice, revisándolo. Vuelve a mirarme con una sonrisa traviesa—. Supongo que los conseguiste con la orientadora, tu amante.

Sus palabras me hacen estremecer, aunque no debería sentir remordimientos por cualquier cosa sucedida antes de ayer.

—Examante —aclaro con una sonrisa.

Ella me secunda con un gesto de solidaridad. Aunque nuestra situación está verdaderamente jodida y la nueva información acerca de nuestra relación es confusa, el hecho de que podamos reírnos de ello prueba que aún compartimos algo dentro lo absurdo de todo esto. Lo único en que pienso mientras me alejo es en lo mucho que desearía que Brian Finley pudiera ahogarse con la risa de ella.

Las primeras tres clases del día se sintieron extrañas. Nadie ni nada de lo que vi se me hizo familiar. Me sentí como un impostor, fuera de lugar.

Al momento de entrar a la cuarta clase y sentarme junto a Charlie, mi estado de ánimo cambió. Ella es familiar. Lo único que me brinda tranquilidad en un mundo de inconsistencia y confusión.

Nos robamos unas cuantas miradas, pero no hablamos durante la clase. Ni siquiera nos dirigimos la palabra ahora, mientras entramos juntos a la cafetería. En nuestra mesa están ya sentados los mismos de ayer; sólo quedan nuestros dos asientos vacíos.

Dirijo mi atención hacia la fila del almuerzo.

—Vamos primero por nuestra comida.

Ella me mira brevemente, antes de regresar la vista a la mesa.

—En realidad no tengo hambre —dice—. Te espero allá. —Se encamina en dirección a nuestro grupo y yo voy hacia la fila de la cafetería.

Después de agarrar mi charola y una Pepsi, voy hacia la mesa y tomo asiento. Charlie está mirando su teléfono, se excluye de la conversación circundante.

El tipo a mi derecha («Andrew», pienso) me da un codazo.

—Silas —dice, propinándome golpecitos repetidos—. Dile cuánto tiempo estuve en la banca el lunes.

Miro al muchacho sentado al otro lado. Él levanta los ojos al techo y bebe el resto de su refresco antes de azotarlo contra la mesa.

—Vamos, Andrew. ¿Crees que soy tan estúpido como para no darme cuenta que tu mejor amigo mentiría por ti?

«Mejor amigo».

Andrew es mi mejor amigo, pero hace unos segundos ni siquiera estaba seguro de su nombre.

Desplazo mi atención hacia la comida enfrente de mí. Abro mi refresco y doy un sorbo; veo que Charlie aprieta su cintura. Hay mucho ruido en la cafetería, pero aun así escucho el rugido de su estómago. Tiene mucha hambre.

«Si tiene hambre, ¿por qué no come?».

—¿Charlie? —Me inclino para acercarme a ella—. ¿Por qué no comes? —Desecha mi pregunta encogiendo los hombros. Bajo la voz aún más—. ¿Tienes dinero?

Sus ojos me fulminan como si hubiera revelado un enorme secreto a todo el mundo. Traga saliva y luego aparta la vista, avergonzada.

—No —dice en voz muy baja—. Le di mis últimos dólares a Janette esta mañana. Estaré bien hasta que llegue a casa.

Pongo mi bebida en la mesa y empujo la charola frente a ella.

—Ten. Iré por otra.

Me levanto, regreso a la fila y tomo una nueva bandeja. Cuando vuelvo a la mesa, ella está dando unos cuantos mordiscos a la comida. No me da las gracias, lo cual me alivia. Asegurarme de que coma no es un favor por el cual espero gratitud. Es algo que deseo que ella espere de mí.

—¿Quieres un aventón a casa después de clases? —le pregunto, justo cuando estamos terminando nuestro almuerzo.

—Hombre, no puedes faltar a la práctica de nuevo —grita Andrew en mi dirección—. El entrenador no te dejará jugar mañana por la noche si lo haces.

Froto mi cara con una mano y luego la meto en el bolsillo para tomar mis llaves.

—Ten —le digo, entregándoselas—. Lleva a tu hermana a casa al final de clases. Recógeme cuando termine la práctica.

Ella trata de regresármelas, pero no se las recibo.

—Quédate con ellas —afirmo—. Podrías necesitar un carro hoy y yo no voy a usarlo.

—¿Vas a dejar que maneje tu auto? —interrumpe Andrew—. ¿Es broma? ¡Nunca me has dejado siquiera sentarme detrás del maldito volante!

Miro a Andrew y levanto los hombros.

—Pero no estoy enamorado de ti.

Charlie escupe su bebida con una carcajada. La miro, su sonrisa es enorme. Ilumina toda su cara, hace que de alguna manera el café de sus ojos parezca más claro. Tal

vez no recuerde nada, pero apostaría a que su sonrisa era
mi parte favorita de ella.

Este día ha sido agotador. Siento como si hubiera estado en un escenario durante horas, actuando diferentes es-
cenas sin contar con un guion. Lo único que me interesa en
este momento es estar en mi cama o con Charlie. O tal vez
una combinación de ambas.

Sin embargo, ella y yo tenemos una meta: descubrir
qué demonios nos sucedió. A pesar de que ninguno de los
dos se sentía realmente entusiasmado por ir a la escuela
hoy, sabíamos que había alguna oportunidad encontrar
alguna pista aquí. Después de todo, esto nos pasó en medio de la escuela el día de ayer, así que la respuesta se podría relacionar con este sitio de alguna forma.

La práctica de futbol americano puede ser de ayuda.
Estaré rodeado de personas con las que no he convivido
durante las últimas veinticuatro horas. Podría aprender
algo de mí mismo o de Charlie que no sabía. Algo que
pueda arrojar alguna luz en nuestra situación.

Me siento aliviado al descubrir que los casilleros tienen
nombres, de modo que no es difícil localizar mi equipo. Lo
que es complicado es descubrir cómo ponérmelo. Lucho
con las fundas mientras trato de dar la impresión de saber
lo que hago. El vestidor se vacía poco a poco mientras todos los muchachos salen al campo, soy el único que falta.

Cuando creo que me he colocado todo bien, tomo mi *jersey* de la repisa superior del casillero para pasarlo sobre mi cabeza. Una caja, localizada al fondo de la repisa superior de mi casillero, llama mi atención. La jalo y me siento en una banca. Es roja, mucho más grande que un joyero. Quito la tapa y encuentro unas cuantas fotografías en la parte de arriba.

No hay personas en las imágenes; parecen lugares. Las paso una por una, primero observo la foto de un columpio. Llueve y el suelo debajo del asiento está cubierto de agua. Le doy vuelta, escrito al reverso dice: *Nuestro primer beso.*

La siguiente foto es de un asiento trasero, pero la vista es desde el piso, hacia arriba. Atrás tiene escrito: *Nuestra primera pelea.*

La tercera muestra algo que parece una iglesia, pero sólo se aprecian las puertas. *Donde nos conocimos.*

Recorro todas las fotos hasta que finalmente me encuentro una carta, doblada, al fondo de la caja. La levanto y la desdoblo. Es corta, está escrita a mano con mi letra, dirigida a Charlie. Empiezo a leerla, pero mi teléfono zumba y me distrae; lo agarro y lo desbloqueo.

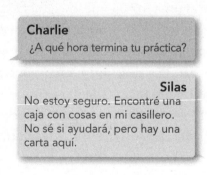

Charlie
¿A qué hora termina tu práctica?

Silas
No estoy seguro. Encontré una caja con cosas en mi casillero. No sé si ayudará, pero hay una carta aquí.

—¡Silas! —alguien grita detrás de mí. Al voltear, dejo caer de mis manos dos de las fotos. Un hombre está parado en la puerta y me mira furioso—. ¡Al campo!

Muevo la cabeza de arriba abajo y él desaparece por el pasillo. Regreso las fotografías a la caja y la coloco de nuevo dentro del casillero. Respiro hondo, con calma, y salgo al campo de prácticas.

Hay dos filas en el campo, ambas formadas con tipos contrapuestos que miran a un chico enfrente. Hay una apertura obvia, así que troto hacia el lugar vacío y copio lo que los otros jugadores hacen.

—¡Con una mierda, Nash! ¿Por qué no te pusiste las hombreras? —exclama alguien.

Hombreras. ¡Carajo!

Salgo de la fila y corro de regreso al vestidor. Esta va a ser la hora más larga de mi vida. Es extraño que no recuerde las reglas del futbol americano, pero no pueden ser tan difíciles. Sólo correré de un lado a otro unas cuantas veces y la práctica habrá terminado.

Localizo las hombreras detrás de los casilleros. Por suerte, es fácil ponérselas. Corro de regreso al campo y todos están dispersos, corriendo como hormigas. Dudo antes de entrar en la acción. Cuando suena un silbato, alguien me empuja por detrás.

—¡Vamos! —vocifera frustrado.

Las líneas, los números, los postes. No significan nada para mí mientras estoy en el campo con los otros chicos. Uno de los entrenadores grita una orden y, antes de que me dé cuenta, lanzan el balón en mi dirección. Lo atrapo.

«¿Y ahora qué?».

Correr. Probablemente debo correr.

Doy tres pasos antes de que mi cara azote contra el pasto artificial. Un silbato pita. Un hombre grita.

Me pongo de pie, uno de los entrenadores corre en mi dirección.

—¿Qué demonios fue eso? ¡Pon atención al juego!

Miro alrededor, el sudor empieza a resbalar por mi frente. La voz de Landon suena detrás de mí:

—Hombre. ¿Qué demonios pasa contigo?

Me doy vuelta y lo veo, al mismo tiempo todos se agrupan a mi alrededor. Imito sus movimientos y coloco mis brazos sobre las espaldas de los tipos a mi izquierda y derecha. Nadie habla durante varios segundos, luego me percato de que me miran. Esperando. Quieren que diga algo. Tengo el presentimiento de que no es un círculo de oración.

—¿Vas a mandar una jugada o qué? —dice el sujeto a mi izquierda.

—Eh… —tartamudeo—. Tú… —Señalo a Landon—. Haces… eso.

Antes de que puedan cuestionarme, me aparto y el grupo se disuelve.

—El entrenador lo va a sentar. —Escucho a alguien murmurar detrás de mí.

Suena un silbato de nuevo. El sonido no ha dejado aún mis oídos cuando un tren de carga se estrella contra mi pecho.

O por lo menos así se siente.

Veo el cielo encima de mí, los oídos me zumban, no puedo respirar.

Landon se acerca. Agarra mi casco y lo sacude.

—¿Qué demonios pasa contigo? —Mira alrededor y luego otra vez hacia mí. Entorna los ojos—. Quédate en el suelo. Finge que estás enfermo.

Hago lo que dice, él se levanta de un salto.

—Le dije que no viniera a la práctica, entrenador —comenta Landon—. Tuvo estreptococos toda la semana. Creo que está deshidratado.

Cierro los ojos, las palabras de mi hermano me alivian. Me agrada este muchacho.

—¿Qué demonios estás haciendo aquí entonces, Nash? —El entrenador está arrodillado junto a mí—. Ve al vestidor e hidrátate. Mañana por la noche tenemos juego. —Se levanta y hace una seña a uno de sus asistentes—. Dale un paquete de penicilina y asegúrate de que esté bien para el campo mañana.

Landon me levanta. Todavía me zumban los oídos, pero ya puedo respirar. Me abro paso hacia los vestidores, aliviado por estar fuera del campo. Nunca debí poner un pie allí para empezar. «No fue una buena decisión, Silas».

147

Regreso al vestidor y me quito el equipo. En cuanto me pongo los zapatos, escucho pisadas cerca del vestuario, por el pasillo. Miro alrededor y distingo una salida en la pared más lejana, así que corro hasta ella. Por fortuna, lleva justo al estacionamiento.

De inmediato veo mi carro y me tranquilizo. Corro hacia él mientras Charlie baja del asiento del conductor, saltando sobre sus pies. Estoy tan contento de verla (de tener alguien con quien relacionarme) que ni siquiera pienso en lo que hago a continuación.

Agarro su muñeca y la atraigo hacia mí, coloco mis brazos alrededor de ella en un apretado abrazo. Hundo la cara en su pelo y dejo escapar un suspiro. Este espacio se siente familiar. Seguro. Me hace olvidar que ni siquiera puedo recordar...

—¿Qué estás haciendo?

Se pone rígida. Su fría reacción me recuerda que nosotros no hacemos cosas como esta. Silas y Charlie sí las hacían.

«Carajo».

Aclaro mi garganta y la suelto, retrocedo un paso con rapidez.

—Lo siento —murmuro—. La fuerza de la costumbre.

—Nosotros no tenemos costumbres. —Me empuja para pasar junto a mí y rodear el carro.

—¿Crees que siempre has sido así de ruda conmigo? —le pregunto.

Me mira por encima del cofre y asiente.

—Apuesto a que sí. Probablemente te gusta que te castiguen.

—Como un masoquista —musito.

Ambos nos subimos a mi coche. Tengo dos lugares a los que planeo ir esta tarde. El primero es a mi casa a bañarme, pero estoy seguro de que si le pregunto si quiere acompañarme, dirá que no tan sólo para fastidiarme. Por ello, me dirijo a mi casa y no le doy opción.

—¿Por qué sonríes? —inquiere, luego de cinco kilómetros de camino.

No me di cuenta de que lo hacía. Me encojo de hombros.

—Sólo pensaba.

—¿En qué?

La miro, espera mi respuesta con el ceño fruncido, impaciente.

—Me preguntaba cómo el viejo Silas logró penetrar tu duro exterior.

Se ríe.

—¿Qué te hace pensar que lo logró?

Volvería a sonreír, pero creo que no había dejado de hacerlo.

—Viste el video, Charlie. Lo amabas a él. —Hago una pausa, por un segundo, luego lo digo de otra manera—. A mí. Me amabas a mí.

—Ella te amaba —dice Charlie y luego sonríe—. Yo no estoy segura siquiera de que me gustes.

Agito mi cabeza con una suave mueca.

—No me conozco muy bien, pero debo ser extremadamente competitivo, porque acabo de tomarlo como un desafío.

—¿Qué tomaste como un desafío? ¿Crees que puedes hacer que me gustes de nuevo?

Volteo para mirarla y agito la cabeza ligeramente.

—No. Voy a hacer que te enamores de mí otra vez.

Puedo ver el gentil movimiento de su garganta cuando pasa saliva pero, con la misma rapidez con que bajó su guardia, se recupera.

—Buena suerte —dice, vigilándome—. Estoy segura de que serás el primer tipo en competir consigo mismo por el afecto de una chica.

—Tal vez así sea —contesto, mientras llegamos al camino de entrada a mi casa—. Pero apuesto por mí.

Apago el carro y salgo. Ella no se quita el cinturón de seguridad.

—¿Vienes? Necesito darme un duchazo rápido.

Ni siquiera me mira.

—Esperaré en el carro.

No discuto. Cierro la puerta y me dirijo a la ducha, pensando en la sonrisita que podría jurar haber visto formarse en la comisura de sus labios.

Y aunque mi prioridad no es volverla a conquistar, es definitivamente el nuevo plan «B», en caso de que no logremos descubrir cómo revertir esto y volver a ser quienes éramos antes. Porque aún a pesar de toda la porquería (su infidelidad con Brian, mi infidelidad con la orientadora, nuestras familias enfrentadas), todavía tratábamos de hacer que funcionara. Tenía que haber algo allí, algo más profundo que la atracción o el simple lazo infantil, algo que me hizo luchar por conservarla.

Quiero sentir eso de nuevo. Quiero recordar lo que se siente amar a alguien de esa manera. Y no sólo a alguien. Quiero saber lo que se siente amar *a* Charlie.

11
Charlie

Estoy parada en la orilla del jardín, mirando la calle, cuando él se acerca por atrás. No lo escucho, pero percibo su olor. No sé cómo, porque tiene un aroma parecido al del exterior.

—¿Qué estás viendo? —pregunta.

Miro las casas, todas inmaculadas y embellecidas hasta un grado irritante. Provocan que quiera disparar un arma al aire, sólo para ver a la gente salir agitada. Este vecindario necesita un leve soplo de vida.

—Es extraño cómo el dinero parece silenciar un vecindario —digo en voz baja—. Mi calle, en donde todos somos pobres, es ruidosa. Suenan sirenas, la gente grita, las puertas de los coches se azotan, retumban los estéreos. Siempre hay alguien, en algún lugar, haciendo ruido. —Me doy vuelta y lo miro, me sorprende la reacción que tengo al descubrir su pelo húmedo y su quijada suave. Me concentro en sus ojos, pero eso no me ayuda. Me aclaro la garganta y aparto la vista—. Creo que prefiero el ruido.

Él da un paso hasta que quedamos hombro con hombro, ambos frente a la calle taciturna.

—No, no lo prefieres. No prefieres ninguno de los dos —afirma esto como si me conociera y yo quiero remarcarle que no me conoce en lo absoluto, pero pone su mano en mi codo—. Vámonos de aquí —sentencia—. Vamos a hacer algo que no pertenezca a Charlie ni a Silas. Algo que sea nuestro.

—Estás hablando de nosotros como si fuéramos invasores de cuerpos.

Silas cierra los ojos e inclina la cabeza hacia atrás.

—No tienes idea de cuántas veces al día pienso en invadir tu cuerpo.

Mi intención no es reír tan fuerte como lo hago; me tropiezo con mis propios pies y Silas estira la mano para detenerme. Ambos estamos riendo mientras me ayuda a recuperar el equilibrio y frota mis brazos con sus manos.

Aparto la vista. Estoy cansada de que me guste. Sólo tengo un día y medio de recuerdos, pero en ninguno de ellos odio a Silas. Y ahora se ha puesto la misión personal de hacer que me enamore de él de nuevo. Es molesto que me guste eso.

—Apártate —le advierto.

Levanta las manos como si se rindiera y da un paso atrás.

—¿Hasta aquí?

—Más lejos.

Otro paso.

—¿Está mejor?

—Sí. —Me siento molesta.

Silas sonríe.

—No nos conozco bien, pero me doy cuenta de que me tomas como un juego.

—Oh, por favor —digo con enfado—. Si fueras un juego, Silas, serías un Monopoly. Sigues y sigues y todos terminan haciendo trampa sólo para acabar.

Se queda callado por un minuto. Me siento mal por decir algo tan pesado, aunque sea broma.

—Probablemente tengas razón. —Se ríe—. Por eso me engañaste con el estúpido de Brian. Qué suerte tienes de que ya no soy Silas Monopoly. Soy Silas Tetris. Todas mis piezas y partes van a acoplarse con todas tus piezas y partes.

Resoplo.

—Y las de la orientadora, aparentemente.

—Ese fue un golpe bajo, Charlie —manifiesta, agitando la cabeza.

Espero unos segundos, me muerdo el labio.

—No creo que quiera que me llames así —señalo.

Silas se da la vuelta.

—¿Charlie?

—Sí. —Me quedo mirándolo—. ¿No es extraño? No me siento ella. Ni siquiera la conozco. Simplemente no se siente como si fuera mi nombre.

Mueve la cabeza afirmativamente mientras caminamos hacia su carro.

—Entonces, ¿tengo que ponerte otro nombre?

—Hasta que resolvamos esto…, sí.

—Poppy —menciona con burla.

—No.

—Lucy.

—Diablos, no, ¿cuál es tu problema?

Abre la puerta del copiloto de su Land Rover y yo me subo.

—Está bien… Está bien. Me doy cuenta de que no te gustan los nombres tradicionales y bonitos. Podemos probar algo más rudo. —Rodea la camioneta hacia el lado del conductor—. Xena…

—No.

—Rogue.

—Ugh…, no.

Seguimos así por un buen rato hasta que el GPS de Silas indica que hemos llegado. Miro alrededor, sorprendida de haber estado tan compenetrada que ni siquiera noté el recorrido hasta aquí. Cuando checo mi teléfono veo que Brian me ha enviado seis mensajes. No quiero tratar con él en este momento. Meto el celular y mi cartera debajo del asiento, fuera de la vista.

—¿Dónde estamos?

—Bourbon Street —dice Silas—. El lugar más concurrido de Nueva Orleans.

—¿Cómo sabes eso? —pregunto con suspicacia.

—Lo busqué en Google. —Nos miramos uno al otro sobre el toldo de la camioneta y ambos cerramos las puertas al mismo tiempo.

—¿Cómo supiste lo que era Google?

—Se supone que vamos a descubrirlo juntos.

Nos encontramos en la parte frontal de la camioneta.

—Creo que somos extraterrestres —comento—. Por eso no tenemos ningún recuerdo de Charlie y Silas, pero recordamos cosas como Google y Tetris, por los chips de computadora insertados en nuestros cerebros.

—¿Entonces te puedo llamar Alien?

Antes de pensar en lo que hago, lanzo el dorso de mi mano contra su pecho.

—¡Concéntrate, Silas!

Él se queja; yo señalo directo al frente.

—¿Qué es eso? —Camino delante de él.

Es un edificio con una estructura parecida a un castillo, blanco. Hay tres agujas que se elevan hacia el cielo.

—Parece una iglesia —dice, sacando su teléfono.

—¿Qué haces?

—Tomo una foto... en caso de que olvidemos de nuevo. Me imagino que debemos documentar lo que está sucediendo y adónde vamos.

Me quedo callada mientras pienso en sus palabras. Es realmente una buena idea.

—Es adonde deberíamos ir, ¿verdad? Las iglesias ayudan a la gente... —Mi voz se apaga.

—Sí —continúa Silas—. Ayudan a la gente, no a los extraterrestres. Y como nosotros somos...

Lo interrumpo con otro golpe. Deseo que se tome esto en serio.

—¿Qué tal que somos ángeles, se supone que debemos ayudar a alguien y nos dieron estos cuerpos para cumplir nuestra misión?

Él suspira.

—¿Te estás oyendo?

Llegamos a las puertas de la iglesia que, irónicamente, están cerradas.

—Está bien —digo, dando la vuelta—. ¿Cuál es tu explicación de lo que nos pasa? ¿Nos golpeamos la cabeza y perdimos la memoria? ¡O tal vez comimos algo que nos revolvió todo! —Bajo las escaleras de prisa.

—¡Hey! ¡Hey! —grita—. No tienes permiso de enojarte conmigo. Yo no tengo la culpa. —Baja corriendo detrás de mí.

—¿Cómo saberlo? ¡No sabemos nada, Silas! ¡Todo esto podría ser por tu culpa!

Estamos parados en la parte inferior de las escaleras; nos miramos.

—Tal vez lo sea —opina—. Pero cualquier cosa que yo haya hecho, tú también la hiciste. Porque, en caso de que no lo hayas notado, estamos en el mismo barco, perdidos.

Cierro y abro los puños, respiro profundo, me concentro en ver la iglesia hasta que mis ojos lloran.

—Mira… —Silas se acerca a mí—. Lamento hacer bromas sobre esto. Quiero descubrir la verdad tanto como tú. ¿Qué otras ideas tienes?

Cierro los ojos.

—Cuentos de hadas —murmuro, mirándolo de nuevo—. Los protagonistas siempre son objeto de una maldición. Para romper el hechizo tienen que descubrir algo de sí mismos… entonces…

—Entonces, ¿qué?

Me doy cuenta de que trata de tomarme en serio, pero esto, de alguna manera, me hace enojar más.

—Hay un beso…

Sonríe.

—Un beso, ¿eh? Nunca antes he besado a alguien.

—¡Silas!

—¿Qué? ¡Si no puedo recordarlo, no cuenta!

Cruzo los brazos sobre mi pecho; volteo a ver a un músico callejero que tiene en sus manos un violín. Él puede recordar la primera vez que tomó un violín, las primeras notas que tocó, quién se lo dio. Envidio sus recuerdos.

—Lo tomaré en serio, Charlie. Lo siento.

Observo a Silas por el rabillo del ojo. Parece genuinamente apenado (las manos metidas en sus bolsillos, el cuello hundido como si le resultara demasiado pesado).

—Entonces, ¿crees que eso es lo que debemos hacer? ¿Un beso?

Me encojo de hombros.

—Vale la pena probar, ¿no?

—Dijiste que en los cuentos de hadas descubren algo primero…

—Sí. Como la Bella Durmiente, que necesitaba que un príncipe valiente la besara y la despertara de la maldición del sueño. Blanca Nieves requirió un beso de amor verdadero para regresar a la vida. La Sirenita debía lograr que

Eric la besara para romper el hechizo que la bruja del mar lanzó sobre ella.

Se anima.

—Esas son películas —dice—. ¿Recuerdas haberlas visto?

—No recuerdo haberlo hecho, tan sólo sé que las he visto. El señor Deetson habló de los cuentos de hadas en clase de inglés hoy. De ahí tomé la idea.

Empezamos a caminar hacia el músico callejero que toca algo lento y melancólico.

—Suena como si dependiera principalmente del chico poder romper la maldición —deduce Silas—. Él debe significar algo para ella.

—Claro... —Mi voz se desvanece mientras nos detenemos a escuchar. Desearía conocer la canción que está tocando el violinista. Suena como algo que he escuchado, pero no puedo darle un nombre.

—Hay una chica —digo en voz baja—, quisiera hablar con ella... Creo que tal vez sabe algo. Unas cuantas personas se han referido a ella como el Camarón.

Silas une las cejas en un gesto sorprendido.

—¿A qué te refieres? ¿Quién es?

—No lo sé. Está en un par de clases conmigo. Sólo es un presentimiento.

Estamos parados entre un grupo de espectadores y Silas vuelve a tomar mi mano. Por primera vez lo permito. Dejo que sus dedos calientes se entrelacen con los míos. Con su mano libre toma una foto del violinista, luego me mira.

—Para que recuerde la primera vez que sostuve tu mano.

12

Silas

Hemos caminado dos cuadras y ella no ha soltado mi mano todavía. No sé si es porque le gusta estrecharla o porque Bourbon Street es…, bueno...

—¡Dios mío! —exclama, girándose hacia mí. Aprieta mi camisa con su mano y presiona su frente contra mi brazo—. Ese tipo me acaba de cegar. —Se ríe mientras se esconde tras la manga de mi camisa—. ¡Silas, acabo de ver mi primer pene!

Me carcajeo mientras la conduzco entre la multitud intoxicada de Bourbon Street. Después de algunos pasos, levanta la vista de nuevo. Ahora nos acercamos a un grupo más grande de hombres beligerantes, todos sin camisa. En lugar de las camisas que debieran cubrir sus pechos, traen montones de cuentas colgando al cuello. Todos ríen y gritan a la gente asomada por los balcones, arriba de nosotros. Aprieta mi mano con más fuerza hasta que logramos dejarlos atrás. Se relaja y abre el espacio entre nosotros.

—¿Qué tienen esas cuentas? —pregunta ella—. ¿Por qué alguien gastaría dinero en esas joyas baratas?

—Es parte de la tradición del Mardi Gras —le digo—. Leí de ello cuando investigué sobre Bourbon Street. Empezó como una celebración el último martes antes de la Cuaresma, pero supongo que se ha extendido a todo el año. —La atraigo hacia mí y señalo la acera delante de ella. Da un paso a un lado para evitar pisar lo que parece vómito.

—Tengo hambre —dice ella.

Me rio.

—¿Pasar por encima del vómito te dio hambre?

—No, el vómito me hizo pensar en comida, y la comida hizo que mi estómago rugiera. Dame algo de comer. —Señala un restaurante ubicado en esa misma calle. El letrero parpadea en neón rojo—. Vamos allí.

Charlie se adelanta, prendida aún de mi mano. Miro mi teléfono y luego la sigo. Tengo tres llamadas perdidas. Una de *Entrenador*, otra de mi hermano y una más de *Mamá*.

Es la primera vez que pienso en mi madre. Me pregunto cómo es. Me inquieta por qué aún no me la he encontrado.

Todo mi cuerpo se estrella contra Charlie, pues ella se detiene de golpe para dejar pasar un vehículo. Su mano vuela hasta su nuca, donde mi quijada la golpeó.

—Ay —dice, frotándose la cabeza.

Me sobo la barbilla y miro su espalda, mientras ella echa su pelo hacia atrás, sobre su hombro. Mis ojos descubren la punta de lo que parece un tatuaje asomándose debajo de su blusa.

Empieza a caminar de nuevo, pero la tomo por el hombro.

—Espera. —La detengo. Mis dedos siguen el cuello de su blusa y lo bajan unos cinco centímetros. Justo debajo de la línea del cuello hay una pequeña silueta de árboles en tinta negra. Paso mis dedos por su contorno—. Tienes un tatuaje.

Dirige sus manos a toda prisa al lugar que estoy tocando.

—¡Qué! —grita. Se da la vuelta y me mira de frente—. No puede ser.

—Sí lo tienes. —La giro y bajo su blusa de nuevo—. Aquí —digo, mientras trazo otra vez los árboles. Me percato de que un escalofrío recorre su cuello. Sigo esas pequeñas vibraciones con mis ojos, observo cómo corren sobre su hombro y se ocultan debajo de su blusa. Miro de nuevo el tatuaje; sus dedos tratan de sentir ahora lo que yo percibo. Tomo dos de ellos y los presiono contra su piel—. Una silueta de árboles —le menciono—. Justo aquí.

—¿Árboles? —comenta ella, inclinado su cabeza para ver por un lado—. ¿Por qué tendría árboles? —Se da la vuelta—. Quiero verlo. Toma una foto con tu teléfono.

Bajo su blusa lo suficiente para ver todo el tatuaje, que no mide más de siete centímetros de ancho. Paso su pelo por encima del hombro de nuevo, no tanto para tomar la fotografía sino porque en realidad deseaba hacerlo. También reubico su mano para que parezca acercarse desde el frente de su cuerpo, cayendo sobre su hombro.

—Silas —refunfuña—. Sólo toma la maldita foto. Esto no es una clase de arte.

Sonrío y me pregunto si siempre soy así; si me niego a tomar una simple fotografía consciente de que sólo se requiere un poco más de esfuerzo para volverla excepcional. Levanto el teléfono y tomo la fotografía, luego miro la pantalla, admirando lo bien que se ve el tatuaje en ella. Charlie voltea y me arrebata el teléfono de las manos.

Mira la imagen y jadea.

—Oh, Dios mío.

—Es un tatuaje muy bonito —le hago saber.

Me regresa el teléfono y eleva la vista al cielo, caminando de nuevo en dirección al restaurante. Podrá mover los ojos todo lo que quiera, pero eso no cambia la reacción que tuvo cuando mis dedos recorrieron su cuello.

La miro mientras se dirige hacia el restaurante y me doy cuenta de que la he puesto al descubierto. Cuanto más le gusto, más distante se vuelve. Me trata con mayor sarcasmo. La vulnerabilidad la hace sentir débil, así que finge ser más dura de lo que realmente es. Creo que el viejo Silas también sabía esto. Esa es la razón por la que la amaba: porque, aparentemente, a él le gustaba este juego.

Al parecer a mí también, porque una vez más la estoy siguiendo.

164

Cruzamos la puerta del restaurante.

—Dos personas, gabinete, por favor —dice Charlie antes de que la *hostess* tenga siquiera oportunidad de preguntar algo. «Al menos dijo por favor».

—Por aquí —responde la mujer.

El restaurante es tranquilo y oscuro, en notable contraste con el ruido y las luces de neón de Bourbon Street. Ambos lanzamos un suspiro de alivio una vez que tomamos asiento. La mesera nos entrega los menús y toma nuestra orden de bebidas. Cada tanto, Charlie se lleva una mano al cuello, como si pudiera sentir el contorno del tatuaje.

—¿Qué crees que signifique? —pregunta, observando el menú que tiene frente a ella.

Me encojo de hombros.

—No lo sé. Tal vez te gusten los bosques. —La miro—. Esos cuentos de hadas de los que hablabas, ¿no suceden todos en el bosque? Tal vez el hombre que debe besarte para romper el hechizo es un leñador robusto que vive entre árboles.

Sus ojos se topan con los míos, me doy cuenta de que mis bromas la irritan. O tal vez está enojada porque piensa que soy divertido.

—Deja de burlarte de mí —me advierte—. Despertamos sin recuerdos exactamente en el mismo momento, Silas. Nada es más absurdo que eso. Incluidos los cuentos de hadas con leñadores.

Sonrío inocentemente y bajo la vista a mis manos.

—Tengo callos —anuncio, levantando una mano y señalando la piel rugosa de mi palma—. Yo podría ser tu leñador.

Ella lleva los ojos al techo de nuevo, pero esta vez se ríe.

—Probablemente tienes callos por masturbarte demasiado.

Le enseño mi mano derecha.

—Pero los tengo en las dos manos, no sólo en la izquierda.

—Ambidiestro —dice ella con toda seriedad.

Ambos reímos mientras colocan nuestras bebidas enfrente de nosotros.

—¿Listos para ordenar? —pregunta la mesera.

Charlie repasa rápidamente el menú.

—Odio no poder recordar lo que me gusta. —Se queda contemplando a la mesera—. Yo quiero un sándwich de queso asado —pide. Luego me indica—: Es algo seguro.

—Hamburguesa con papas fritas, sin mayonesa —ordeno yo. Le entregamos nuestros menús a la mesera y me vuelvo a concentrar en Charlie—. Todavía no tienes dieciocho años. ¿Cómo lograste hacerte un tatuaje?

—No parece que en Bourbon Street se sigan las reglas al pie de la letra —sugiere—. Probablemente tengo una identificación falsa escondida en algún lugar.

Abro la página del buscador de internet en mi teléfono.

—Déjame ver si encuentro lo que significa. Me he vuelto muy bueno con esta cosa del Google.

Paso los siguientes minutos hurgando entre todos los posibles significados de árboles, bosques y arboladas. Justo cuando creo que encontré algo, Charlie aparta mi teléfono y lo coloca sobre la mesa.

—Levántate —dice, mientras se pone de pie—. Vamos al baño. —Toma mi mano y me jala para que abandone el gabinete.

—¿Juntos?

Asiente.

Miro su nunca mientras se aleja de mí y regreso la vista al gabinete vacío. «Qué...».

—Ven —me pide con un gesto por encima del hombro.

La sigo por el pasillo que lleva a los baños. Abre la puerta del sanitario de mujeres y mira el interior, luego saca la cabeza de nuevo.

—Hay una sola cabina. Está vacía —indica ella, manteniendo la puerta abierta para que pase.

Me detengo y miro en dirección al baño de los hombres, que parece perfectamente adecuado, no sé por qué está...

—¡Silas! —Me agarra del brazo y me mete al baño. Una vez dentro, tengo la esperanza de que ella pase sus brazos alrededor de mi cuello y me bese... «¿Por qué otra cosa estaríamos aquí juntos?».

—Quítate la camisa.

Miro mi camisa. Luego a Charlie.

—¿Vamos a... estamos a punto de hacerlo? Porque no me imaginaba que sería así.

Ella gruñe y estira la mano, jala el dobladillo de mi camisa. La ayudo a sacarla por encima de mi cabeza.

—Quiero ver si tienes tatuajes, tarado...

Me desinflo.

Me siento como un muchacho de dieciocho años al que acaban de excitar y luego lo dejan blanco. Supongo que en realidad lo soy...

Hace que me dé la vuelta y, cuando quedo frente al espejo, jadea. Sus ojos están fijos en mi espalda. Mis músculos se tensan bajo su tacto, las yemas de sus dedos rozan mi omóplato derecho. Ella traza un círculo que abarca un radio de varios centímetros. Aprieto los ojos y trato de controlar mi pulso. De pronto, me siento más borracho que todos los que estaban en Bourbon Street. Aprieto el lavabo frente a mí porque sus dedos están en... mi piel.

—Dios mío —gimoteo, dejando caer la cabeza entre los hombros. «Concéntrate, Silas».

—¿Cuál es el problema? —pregunta ella, haciendo una pausa en la inspección de mi tatuaje—. ¿Te duele?

Suelto una risa, porque sus manos sobre mí producen todo lo opuesto al dolor.

—No, Charlie. No duele.

Mis ojos encuentran los suyos en el espejo, ella me mira durante varios segundos. Cuando finalmente se da cuenta de lo que me está haciendo, aparta la vista y retira su mano de mi espalda. Sus mejillas se sonrojan.

—Ponte la camisa y ve a esperar nuestra comida —ordena—. Tengo que hacer del baño.

Dejo de apretar el lavabo e inhalo profundo mientras me pongo la camisa. En mi camino de regreso a nuestra mesa, me percato que nunca le pregunté de qué era el tatuaje.

—Un collar de perlas —dice ella mientras se desliza en el gabinete—. Perlas negras. Tiene casi quince centímetros de diámetro.

—¿Perlas?

Asiente.

—¿Un… collar?

Asiente de nuevo y da un sorbo a su bebida.

—Tienes un tatuaje del collar de una mujer en tu espalda, Silas. —Ahora está sonriendo—. Muy propio de un leñador.

Charlie está disfrutándolo.

—Bueno, tú tienes árboles en la espalda. No hay mucho que presumir. Con toda seguridad te llenarás de polillas.

Se ríe a carcajadas y me contagia. Mueve el popote alrededor de su bebida y contempla su vaso.

—Conociéndome… —Hace una pausa—, conociendo a «Charlie», ella no se haría un tatuaje a menos que realmente significara algo. Tendría que ser algo de lo que nunca se cansaría. Que nunca dejaría de gustarle.

Dos palabras familiares sobresalen de esa frase.

—Nunca, nunca —susurro.

Se me queda viendo, reconociendo la frase que nos repetimos en el video. Ladea la cabeza.

—¿Crees que tenga que ver contigo? ¿Con Silas? —Luego niega con la cabeza, en desacuerdo con tal sugerencia. Yo recorro la pantalla de mi teléfono—. Charlie no sería tan estúpida —agrega—. Ella no se pintaría algo relacionado con un tipo en la piel. Además, ¿qué tienen que ver los árboles contigo?

Encuentro exactamente lo que estoy buscando y, por más que trato de poner una expresión seria, no puedo dejar de sonreír. Sé que es una sonrisa presumida, que probablemente tendría que borrarla, pero no logro evitarlo. Le entrego el teléfono. Mira la pantalla y lee en voz alta.

—Nombre griego que significa *bosques* o *arboladas*. —Me observa—. ¿Así que es el significado de un nombre?

Yo afirmo con la cabeza. «Todavía con sonrisa presumida».

—Baja la pantalla.

Desplaza la pantalla con un rápido movimiento de su dedo, sus labios se abren al emitir un gemido.

—Derivado del término griego… Silas. —Aprieta la boca y su quijada se endurece. Me regresa el teléfono y cierra los ojos. Su cabeza se mueve lento de atrás hacia delante—. ¿Ella se hizo un tatuaje que es el significado de tu *nombre*?

Como era de esperarse, finge estar decepcionada de sí misma.

Como era de esperarse, lo siento como un triunfo.

—Tú tienes un tatuaje —le digo, apuntándola con mi dedo—. Está en ti. Tu piel. Mi nombre. —No puedo evitar que esa sonrisa estúpida se quede grabada en mi cara. Ella eleva los ojos al techo de nuevo, justo mientras colocan la comida frente a nosotros.

Hago a un lado mi hamburguesa y busco el significado del nombre Charlie. No obtengo nada que se relacione con perlas. Después de unos minutos, ella suspira.

—Prueba con Margaret —sugiere al final—. Es mi segundo nombre.

Busco el nombre Margaret y leo los resultados en voz alta.

—Margaret, del término griego que significa *perla*.

Dejo mi teléfono. No sé por qué, pero me siento como si acabara de ganar una apuesta; victorioso.

—Qué bueno que decidiste ponerme un nuevo nombre —dice ella con frialdad.

«De ninguna manera es un nuevo nombre».

Tomo mi plato y agarro una papa frita. La apunto hacia ella y le guiño el ojo.

—Estamos marcados. Tú y yo. Estamos muy enamorados, Charlie. ¿Aún no lo sientes? ¿No hago que tu corazón se desboque?

—Esos no son «nuestros» tatuajes —replica ella.

Sacudo la cabeza.

—Marcados —repito. Levanto mi índice y hago la mímica de colocarlo sobre su hombro—. Justo allí. Permanentemente. Para siempre.

—Por Dios —gimotea ella—. Cállate y come tu maldita hamburguesa.

La como. Devoro todo con una sonrisa enorme y estúpida.

—¿Y ahora qué? —pregunto, recargado en el respaldo de mi asiento. Charlie apenas ha tocado su comida y yo estoy seguro de haber roto un récord por lo rápido que engullí la mía.

Me está mirando y puedo darme cuenta, por la trepidación de su gesto, de que ya sabe lo que va a hacer enseguida, sólo que no quiere ventilarlo.

—¿Qué pasa?

Sus ojos se entornan.

—No quiero que hagas un comentario sabelotodo como respuesta a lo que voy a sugerir.

—No, Charlie —digo de inmediato—. No nos vamos a fugar esta noche. Los tatuajes son suficiente compromiso por ahora.

Esta vez, no voltea la mirada ante mi broma. Suspira, derrotada, se echa hacia atrás en el gabinete. Odio su reacción. Me gusta mucho más cuando hace algún gesto para mostrar su molestia conmigo.

Estiro mi mano al otro lado de la mesa y cubro con ella su mano; paso mi pulgar sobre sus dedos.

—Lo siento —me disculpo—. El sarcasmo hace que todo esto se sienta un poco menos atemorizante. —Quito mi mano de la suya—. ¿Qué querías decir? Te escucho con atención. Te lo prometo. Palabra de leñador.

Se ríe, levanta un poco los ojos y yo me siento aliviado. Me ve y se remueve en su asiento, luego empieza a jugar de nuevo con su popote.

—Pasamos por unos cuantos... locales de tarot. Creo que tal vez debemos ir a que nos lo lean.

No me sobresalto ante su comentario. Sólo muevo la cabeza afirmativamente. Saco la cartera de mi bolsillo, dejo suficiente dinero en la mesa para cubrir la cuenta y me levanto.

—De acuerdo. Vamos —le digo, estirando la mano para tomar la suya.

En realidad no estoy de acuerdo, pero me siento mal. Estos dos últimos días han sido agotadores y sé que ella también está cansada. Lo menos que puedo hacer es facilitarle las cosas, aunque sé que esta estupidez sin sentido no va a iluminarnos de ninguna manera.

Encontramos unos cuantos locales, pero Charlie niega cada vez que señalo uno. No estoy seguro de lo que está buscando, pero me gusta caminar por las calles con ella, así que no me quejo. Ella sostiene mi mano; en ocasiones paso mi brazo alrededor de su cintura y la atraigo hacia mí, cuando las calles se vuelven demasiado estrechas. No sé si lo ha notado, pero he provocado que pasemos por muchas de estas calles apretadas innecesariamente. Al momento de ver una multitud de gente, busco una. Después de todo, ella aún es mi «plan B».

Después de media hora de caminata, parece que llegamos al final del barrio francés. La cantidad de personas en la calle se reduce, dándome menos excusas para acercarla a mí. Algunos de los locales por los que pasamos ya están cerrados. Llegamos a la calle St. Philip cuando se detiene frente al ventanal de una galería de arte.

Me detengo junto a ella y miro las obras tenuemente iluminadas que están dentro. Son partes corporales en plástico, suspendidas del techo, y vida marina gigante, de metal, que cuelga de las paredes. La pieza principal, que se ubica frente a nosotros, resulta ser un pequeño cadáver... que lleva un collar de perlas.

Ella da golpecitos con su dedo contra el cristal, señala el cadáver.

—Mira —dice—. Soy yo. —Se ríe y desplaza su atención hacia algún lugar en el interior de la galería.

No estoy mirando más el cadáver. Ya no estoy viendo nada dentro del local.

La estoy viendo a ella.

Las luces del interior iluminan su piel con un brillo que en verdad le da aspecto de un ángel. Quiero pasar mi mano por su espalda y buscar sus alas.

Sus ojos se mueven de un objeto a otro mientras estudia todo lo que hay más allá del ventanal. Está mirando cada pieza con embeleso. Tomo nota mental para regresar aquí cuando esté abierto. Imagino cómo se emocionaría ante la posibilidad real de tocar una de las piezas.

Ella observa por el ventanal unos minutos más y yo sigo mirándola, sólo que ahora he dado dos pasos y estoy parado detrás de ella. Quiero ver de nuevo su tatuaje, ahora que sé lo que significa. Enredo mi mano en su pelo y lo echo al frente, sobre su hombro. Casi espero que ella estire su mano y me dé un manotazo, pero en cambio aspira rápido y con fuerza, desvía la atención a sus pies.

Sonrío, recordando lo que sentí cuando pasó sus dedos sobre mi tatuaje. No sé si la hago sentir lo mismo, pero se ha quedado quieta: permite que mis dedos se deslicen de nuevo dentro del cuello de su blusa.

Paso saliva durante lo que parecen tres latidos completos. Me pregunto si ella siempre ha tenido este efecto en mí.

Bajo su blusa, revelando el tatuaje. Siento una punzada en mi estómago, porque odio no tener ese recuerdo. Quisiera recordar el momento en que decidimos tomar semejante decisión. Quisiera recordar a quién se le ocurrió la idea. Cómo se veía ella mientras la aguja perforaba su piel por primera vez. Cómo nos sentimos cuando todo terminó.

Recorro con mi pulgar la silueta de árboles, mientras acomodo el resto de mi mano sobre su hombro (sobre su piel sacudida de nuevo por escalofríos). Ella ladea la cabeza y el más leve de los gemidos escapa de su boca.

Aprieto los ojos.

—¿Charlie? —mi voz es rasposa. Me aclaro la garganta para suavizarla—. Cambié de opinión —susurro en voz baja—. No quiero darte un nuevo nombre. Ahora me encanta el de antes.

Espero.

Espero su respuesta punzante. Su carcajada.

Espero que empuje mi mano para que la aparte de su nuca.

No hay reacción alguna. Nada. «Lo que significa que tengo todo para mí».

Mantengo mi mano en su espalda mientras la rodeo con calma. Estoy parado ahora entre ella y el ventanal, pero ella sigue con los ojos enfocados en el piso. No me mira, porque no le gusta mostrarse débil. Y justo ahora la estoy debilitando. Llevo mi mano libre a su barbilla y acaricio su quijada con mis dedos, levantando su cara hacia la mía.

Cuando nos miramos a los ojos, siento que descubro un lado completamente nuevo de ella. Un lado sin resolver. Vulnerable. Uno en donde se permite sentir algo. Quiero sonreír y preguntarle qué se siente estar enamorada, pero sé que una broma en este momento la podría molestar y alejarla. No puedo dejar que eso pase. No ahora. No cuando finalmente he llegado a incluir en mi catálogo un recuerdo real sumado a las numerosas fantasías que he tenido acerca de su boca.

Desliza la lengua por su labio inferior, lo que hace que los celos fluyan por mi cuerpo: quisiera ser yo quien le hace esa caricia a su labio.

De hecho…, creo que lo haré.

Empiezo a bajar la cabeza, justo cuando ella presiona sus manos contra mis antebrazos.

—Mira —dice, señalando el edificio de junto. Una luz parpadeante ha robado su atención y quiero maldecir al universo porque un simple foco acaba de interferir con lo que estaba por convertirse en mi recuerdo favorito, entre los escasos que tengo.

Sigo su mirada hasta un letrero no muy distinto de todos los demás que dicen «Tarot» por los que ya hemos pasado. Lo único diferente es que este acaba de arruinar por completo mi momento. Y, maldita sea, era un buen momento. Uno estupendo. Uno en el cual percibí que Charlie también estaba sintiendo, y no sé cuánto me tomará volver a crear a eso.

Ella camina en dirección al local. La sigo como un cachorro enamorado.

El edificio carece de marcas y me pregunto qué tenía esa maldita y poco confiable luz que logró apartarla de mi boca. Las únicas palabras que indican que esto es un local son los letreros de «No se permiten cámaras» pegados en las ventanas negras.

Charlie pone sus manos en la puerta y la empuja. La sigo al interior y pronto estamos dentro de lo que parece una tienda de regalos de vudú para turistas. Hay un hombre parado detrás de una caja registradora y unas cuantas personas exploran los pasillos.

Trato de abarcarlo todo mientras sigo a Charlie por el lugar. Ella señala cada cosa, tocando las piedras, los huesos, los frascos con muñecos vudú en miniatura. En silencio nos abrimos paso por los pasillos hasta que llegamos a la pared del fondo. Charlie se detiene de golpe, agarra mi mano y señala una fotografía en la pared.

—Esa puerta —exclama ella—. Tú tomaste una fotografía de esa puerta. Es la que está colgando en mi pared.

—¿Les puedo ayudar en algo?

Ambos nos giramos y un hombre alto (realmente alto,) con orejas perforadas y un arillo en el labio nos mira fijamente.

Tengo ganas de disculparme con él y retirarnos lo antes posible, pero Charlie tiene otros planes.

—¿Sabe lo que hay tras esa puerta? ¿La de la fotografía? —le pregunta Charlie, señalando sobre su hombro.

Los ojos del hombre se levantan hacia el marco. Se encoge de hombros.

—Debe ser nueva —dice—. No la había visto antes. —Me mira, arqueando una ceja adornada con varios *piercings*. Uno de ellos es un pequeño… ¿hueso? ¿Es un hueso lo que sobresale de su ceja?

—¿Están buscando algo en particular?

Niego con la cabeza y estoy a punto de responder cuando mis palabras son interrumpidas por las de alguien más.

—Están aquí para verme. —Una mano se estira a través de una cortina de cuentas a nuestra derecha. Sale una mujer y Charlie de inmediato se pone a mi lado. Paso mi brazo alrededor de ella. No sé por qué permite que este lugar la asuste. No parece el tipo de persona que cree en estas cosas, pero no me quejo. Una Charlie asustada significa un Silas muy afortunado.

—Por aquí —dice la mujer, haciendo una seña para que la sigamos. Empiezo a objetar, pero entonces recuerdo que lugares como estos... son parecidos a un teatro. Es Halloween los trecientos sesenta y cinco días del año. Ella sólo representa un papel. No es muy diferente de Charlie y de mí, que fingimos ser dos personas que no somos.

Charlie me mira, como pidiendo permiso en silencio para seguirla. Muevo la cabeza afirmativamente y vamos tras la mujer, a través de la cortina de..., toco una de las cuentas y la miro de cerca, cráneos de plástico. «Buen detalle».

El cuarto es pequeño y todas las paredes están cubiertas con cortinas gruesas de terciopelo. Está iluminado con velas; destellos de luz lamen las paredes, el piso, a nosotros. La mujer toma asiento ante una pequeña mesa en el centro del lugar, hay dos sitios enfrente para que nosotros hagamos lo mismo. Mantengo apretada con fuerza la mano de Charlie mientras nos acomodamos.

La mujer empieza a barajar con lentitud un mazo de cartas de tarot.

—Una lectura conjunta, supongo —dice.

Asentimos. Le entrega el mazo a Charlie y le pide que lo sostenga. Charlie lo toma y aprieta sus manos alrededor de él. La mujer mueve su cabeza hacia mí.

—Ambos. Sosténganlo.

Quiero levantar la vista al techo, pero en cambio estiro mi mano hacia Charlie y la coloco sobre el mazo junto con las de ella.

—Es necesario que deseen lo mismo de esta lectura. Las lecturas múltiples pueden superponerse a veces, cuando no hay coherencia. Es importante que su objetivo sea el mismo.

Charlie asiente.

—Lo es.

Odio escuchar desesperación en su voz, como si en realidad esperara recibir una respuesta. «Seguramente ella no cree en esto».

La mujer estira la mano para quitarnos las cartas. Sus dedos rozan los míos, están helados. Echo mi mano hacia atrás y tomo la de Charlie; la llevo a mi regazo.

La mujer empieza a echar algunas cartas sobre la mesa, una por una. Todas están bocabajo. Cuando termina, me pide que saque una carta del mazo. Cuando se la entrego, la aparta de las otras. La señala.

—Esta carta les dará su respuesta, pero las otras explican el camino hacia su pregunta. —Coloca los dedos en la carta de en medio—. Esta posición representa su situación actual. —Le da vuelta.

—¿Muerte? —susurra Charlie. Aprieta mi mano.

La mujer mira a Charlie e inclina la cabeza.

—No es necesariamente algo malo —anuncia—. La carta de la Muerte representa un cambio importante. Una reforma. Ustedes dos han experimentado algún tipo de pérdida.

Toca otra carta.

—Esta posición representa el pasado inmediato. —La voltea y, antes de que yo pueda ver la carta, la mujer entorna los ojos. Al fin miro la carta. El Diablo.

—Esto indica que algo o alguien los estaba esclavizando en el pasado. Podría representar varias cosas cercanas. Influencia paterna. Una relación dañina. —Sus ojos encuentran los míos—. Las cartas invertidas reflejan una influencia negativa, y aunque esta representa el pasado, también puede significar algo por lo que actualmente están atravesando.

Posa los dedos sobre otra carta.

—Esta carta representa su futuro inmediato. —La desliza hacia ella y le da vuelta.

Un jadeo casi sordo sale de su boca. Siento que Charlie retrocede. La miro y noto que está observando con intensidad a la mujer, esperando una explicación. Parece aterrada.

No sé a qué juega esta bruja, pero empieza a fastidiarme...

—¿La carta de la Torre? —pregunta Charlie—. ¿Qué significa?

La mujer vuelve a poner la carta bocabajo, como si fuera la peor del mazo. Cierra los ojos y suelta un largo suspiro. Luego los abre grandes y se queda mirando a Charlie.

—Significa... destrucción.

Elevo los ojos al techo y me alejo de la mesa.

—Charlie, vámonos.

Me mira como suplicando.

—Ya casi terminamos —ruega Charlie.

Me retracto y regreso a mi lugar.

La mujer gira dos cartas más y se las explica a Charlie, pero no escucho una sola de sus palabras. Mis ojos vagan por el cuarto mientras trato de hacer acopio de paciencia para permitir que termine. Honestamente, siento que perdemos el tiempo.

La mano de Charlie aprieta la mía, de modo que regreso mi atención a la lectura. La mujer tiene los ojos bien cerrados y sus labios se mueven. Murmura palabras que no puedo descifrar.

Charlie se acerca más a mí. De manera instintiva, paso mi brazo alrededor de ella.

—Charlie —susurro, haciendo que me mire—. Es un montaje. Por esto se le paga. No te asustes.

Mi voz debió sacar a la mujer de su trance convencionalmente cronometrado. Ahora da golpecitos en la mesa, tratando de llamar nuestra atención, como si no hubiera sido ella la que ha estado quién sabe dónde durante el último minuto y medio.

Sus dedos caen en la carta que saqué del mazo. Sus ojos se fijan en los míos y luego se mueven a los de Charlie.

—Esta carta —dice con lentitud—, es su carta resultante. Combinada con las otras, responde a por qué están aquí. —La voltea.

La mujer no se mueve. Sus ojos están fijos en la carta que tiene entre los dedos. Un silencio escalofriante envuelve la habitación y, como si siguiera un guion, una de las velas se apaga. «Otro buen detalle», pienso.

Bajo la vista hacia la carta resultante. No hay palabras en ella. Ni título. Ni imagen.

La carta está en blanco.

Puedo sentir que Charlie se queda rígida entre mis brazos mientras observa la carta en blanco sobre la mesa. Me echo hacia atrás y levanto a Charlie.

—Esto es ridículo —replico en voz alta, tirando por accidente mi silla.

No estoy molesto porque la mujer trate de asustarnos. Es su trabajo. Estoy molesto porque en realidad Charlie está asustada, aunque sigue manteniendo esta ridícula fachada.

Tomo su cara entre mis manos y la miro a los ojos.

—Ella plantó esa carta para asustarte, Charlie. Todo esto es una tontería. —Sostengo sus manos y empiezo a conducirla hacia la salida.

—No hay cartas en blanco en un mazo del tarot —dice la mujer.

Me detengo y me doy vuelta para quedar frente a ella. No por lo que dijo, sino por la manera en que lo dijo. Sonaba asustada.

«¿Asustada por nosotros?».

Cierro los ojos y exhalo. «Es una actriz, Silas. No pierdas la cabeza».

Empujo la puerta y sacó de ahí a Charlie. No dejo de caminar hasta que damos la vuelta al edificio y llegamos a otra calle. Cuando estamos lejos del local y del maldito parpadeo del letrero, me detengo y la pego contra mí. Ella envuelve mi cintura con sus brazos y entierra su cabeza contra mi pecho.

—Olvida todo eso —digo, pasando mi mano en círculos tranquilizadores por su espalda—. Adivinación, lecturas del tarot... es ridículo, Charlie.

Aparta su cara de mi cuerpo y se me queda viendo.

—Sí. ¿Ridículo como el hecho de que los dos hayamos despertado de repente en la escuela sin recuerdos de quiénes somos?

Cierro los ojos y me aparto de ella. Paso las manos por mi cabello, mientras la frustración del día por fin me atrapa. Puedo aligerar todo con mis bromas. Puedo desechar sus teorías (desde las lecturas del tarot hasta los cuentos de hadas) simplemente porque no tienen sentido para mí. Pero tiene razón. Nada de esto tiene sentido. Y cuanto más tratamos de descubrir el misterio, más siento como si estuviéramos desperdiciando nuestro tiempo.

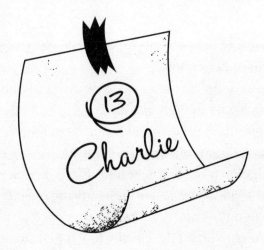

13

Charlie

Pliega los labios y sacude la cabeza. Quiere salir de aquí. Puedo percibir su nerviosismo.

—Tal vez debemos regresar y hacerle preguntas más detalladas —sugiero.

—De ninguna manera —dice él—. No voy a considerar eso de nuevo.

Comienza a alejarse. Pienso en volver sola. Estoy a punto de dar el primer paso hacia el local cuando el letrero de «Abierto» en la ventana se apaga. El lugar queda en repentina oscuridad. Muerdo el interior de mi mejilla. Podría regresar cuando Silas no esté cerca. Tal vez la mujer me dé más información.

—¡Charlie! —grita él.

Corro hasta alcanzarlo, caminamos uno junto al otro. Podemos ver nuestro aliento mientras nos movemos. ¿Cuándo empezó a hacer tanto frío? Froto mis manos.

—Tengo hambre —le hago saber.

—Siempre tienes hambre. Nunca he visto a alguien tan pequeño comer tanto.

No ofrece invitarme a comer esta vez, así que continúo caminando, ahora detrás de él.

—¿Qué fue lo que sucedió allí? —pregunto. Trato de bromear, pero mi estómago revolotea.

—Alguien trató de asustarnos. Eso es lo que pasó.

Miro a Silas. Está casi completamente relajado, excepto por los hombros que demuestran tensión.

—¿Pero qué tal si tiene razón? ¿Y si de verdad no había cartas en blanco en su mazo de tarot?

—No —sentencia—. Simplemente no.

Hago una mueca con los labios y doy un paso a un lado para evitar a un hombre que retrocede bailando por el callejón.

—No comprendo cómo puedes desechar algo tan fácilmente, considerando nuestras circunstancias —digo entre dientes—. ¿No crees…?

—¿Por qué no hablamos de otra cosa? —pregunta Silas.

—Está bien. ¿Como qué vamos a hacer el próximo fin de semana? ¿O qué tal si hablamos de lo que hicimos el fin de semana pasado? ¿O tal vez podemos hablar de…? —Me golpeo la frente con la mano—. The Electric Crush Diner.

¿Cómo se me pudo olvidar eso?

—¿Qué? —cuestiona Silas—. ¿Qué es eso?

—Estuvimos allí. Tú y yo, el fin de semana pasado. Encontré un recibo en el bolsillo de mis *jeans*.

Silas me mira con un dejo de molestia en el rostro, mientras le cuento de nuevo toda la experiencia.

—Llevé a Janette a cenar allí anoche. Un mesero me reconoció.

—¡Hey! —grita Silas sobre mi hombro—. ¡Si la tocas con eso te parto en dos!

Miro detrás de mí y veo a un hombre señalando mi trasero con un dedo de hule espuma. Retrocede en cuanto ve la expresión de Silas.

—¿Por qué no me contaste? —manifiesta Silas en voz baja, poniéndome atención de nuevo—. Eso no es como una lectura del tarot, es algo importante.

—No lo sé. Quiero decir…

Agarra mi mano, pero esta vez no es por el placer de presionar nuestras palmas. Me arrastra por la calle mientras, con la mano libre, escribe algo en su teléfono. Estoy impresionada y un poco molesta de que me hable así. Pudimos haber sido algo en otra vida, pero en esta ni siquiera sé su segundo nombre.

—Está en North Rampart Street —comento, para ayudarlo.

—Claro.

Está molesto. Tal vez me gusta que a veces se porte como *emo*. Pasamos por un parque con una fuente. Algunos vendedores callejeros exhiben sus obras de arte a lo largo de la reja; nos miran mientras pasamos. Silas da un paso por cada tres míos. Troto para mantener su ritmo. Caminamos lejos; los pies me duelen y finalmente zafo mi mano de la suya.

Se detiene y voltea hacia mí.

No sé qué decir o por qué estoy molesta, de modo que coloco las manos en mi cadera y lo miro.

—¿Qué te pasa? —pregunta.

—¡No lo sé! —grito—. ¡Pero no puedes arrastrarme por la ciudad! No camino tan rápido como tú y me duelen los pies.

«Esto me resulta familiar. ¿Por qué se siente como algo conocido?».

Él aparta la vista, los músculos de su quijada se ponen tensos. Voltea hacia mí y todo sucede muy rápidamente. Da dos pasos y me levanta en brazos. Luego retoma su paso mientras yo me balanceo ligeramente en sus brazos. Después de un chillido inicial, me tranquilizo y paso mis brazos alrededor de su cuello. Me gusta estar aquí arriba, donde puedo oler su colonia y tocar su piel. No recuerdo haber visto perfume entre las cosas de Charlie, y dudo que, de haberlo encontrado, hubiera pasado por mi cabeza ponerme. «¿Qué dice esto de Silas?». Que en medio de todo este embrollo, pensó en levantar una botella y echarse colonia en el cuello antes de salir de su casa. ¿Siempre fue el tipo de persona que se preocupa de estas pequeñas cosas... como oler bien?

Mientras pienso en esto, Silas se detiene para preguntarle a una mujer que se ha caído en la calle si se encuentra bien. Está borracha y parece torpe. Cuando trata de levantarse, tropieza con el dobladillo de su vestido y cae de espaldas. Silas me deja sobre la acera y va a ayudarla.

—¿Está sangrando? ¿Se hizo daño? —pregunta.

La ayuda a levantarse y la lleva de regreso adonde yo estoy esperando. Ella arrastra las palabras y le da una palmada en la mejilla. Me pregunto si él sabía, cuando fue en su auxilio, que es una indigente. Yo no la tocaría. Huele mal. Doy un paso para alejarme de ambos y veo cómo él la observa. Está preocupado. La sigue con la vista hasta que se aleja tropezándose hacia la calle siguiente. Luego Silas voltea la cabeza para encontrarme.

En este momento (justo ahora) no me queda claro quién es Charlie. Ella no es buena como Silas. Ella lo ama porque él es diferente. Tal vez por eso lo traicionó con Brian, porque ella no podía ser tan buena como Silas.

Como yo no puedo serlo.

Medio me sonríe, creo que está avergonzado porque lo descubrí preocupado por alguien.

—¿Lista?

Quiero comentarle que lo que hizo fue agradable, pero agradable es una palabra que no describe la amabilidad. Cualquiera puede fingir que es agradable. Lo que Silas hizo fue innato. Amabilidad con mayúsculas. Yo no tendría un detalle como ese. Pienso en la chica de la clase de ayer por la mañana, quien dejó caer los libros a mis pies. Ella me veía con miedo. Esperaba que no la ayudara. Y más. ¿Qué más?

Silas y yo caminamos en silencio. Verifica su teléfono cada tanto para asegurarse de que vamos en la dirección correcta y yo reviso su cara. Me pregunto si así se siente cuando una se empieza a enamorar. Si se supone que mirar a un hombre ayudar a una indigente debe despertar este tipo de sentimientos. Y entonces llegamos. Él señala al otro lado de la calle y yo asiento.

—Sí, ahí es.

Pero es como si no fuera. El restaurante se ha transformado desde que estuve aquí ayer con Janette. Es ruidoso y palpitante. Hay hombres alineados en la acera, fumando; nos abren el paso para que crucemos. Puedo sentir el retumbar del bajo en mis tobillos mientras permanecemos afuera. Se abren las puertas mientras un grupo de gente se va. Una chica pasa junto a mí, riéndose; frota mi cara con la piel rosa que lleva puesta. Adentro, las personas defienden su espacio con los codos ensanchados y la cadera extendida. Nos miran mientras caminamos. «Este es mi espacio, aléjate. Estoy esperando al resto de mi grupo… Sigue avanzando». Dejamos atrás unos pocos asientos vacíos para seguir hacia el fondo del lugar. Nos abrimos paso con dificultad entre la multitud, caminando de costado y saltando cuando una risa estridente hace erupción cerca de nosotros. Ni siquiera se puede distinguir de quién es, porque está muy oscuro. Y luego alguien grita nuestros nombres.

—¡Silas! ¡Charlie! ¡Por aquí!

Un chico y… ¿cómo se llamaba la chica que me recogió esta mañana? ¿Annie… Amy?

—Hey —dice ella, mientras nos acercamos—. No puedo creer que hayan regresado después de lo que pasó el último fin de semana.

—¿Por qué no habríamos de hacerlo? —pregunta Silas.

Tomo el asiento que me ofrecen y me quedo viendo a los tres.

—Golpeaste a un tipo, vomitaste sobre un par de mesas, ¿y preguntas por qué no debiste volver? —dice el chico, con una risa. Creo que es el novio de Annie/Amy, por la manera en que la mira: como si compartieran algo. La vida, tal vez.

Es justo como nos miramos Silas y yo. Excepto que nosotros en realidad compartimos algo.

—Actuaste como un tonto —agrega ella.

—Amy —la corta su acompañante—. No.

«¡Amy!».

Quiero saber más de la persona a la que Silas golpeó.

—Se lo merecía —digo.

Amy eleva las cejas y sacude la cabeza. Cualquier cosa que esté pensando, tiene demasiado miedo para decirla, porque se da la vuelta. Pruebo con su novio.

—¿Tú no lo crees así? —lo cuestiono con inocencia.

Él se encoge de hombros. Va a sentarse junto a Amy. «Todos me tienen miedo», pienso, «pero, ¿por qué?».

Ordeno una Coca. Amy gira la cabeza de golpe para verme en cuanto lo oye.

—¿Coca normal? ¿No de dieta?

—¿Tengo aspecto de necesitar una bebida de dieta? —Chasqueo los dedos.

Ella se vuelve a encoger. No entiendo de dónde vino eso… Lo juro. Ni siquiera sé cuánto peso. Decido callarme y dejar que Silas haga el trabajo de detective antes de que yo vuelva a ofender a alguien. Él se sienta junto al novio de Amy y empiezan a hablar. La música hace imposible que escuche y Amy está haciendo lo mejor que puede para evitarme, así que observo a la gente. La gente… Todos ellos tienen recuerdos… Saben quiénes son. Me dan celos.

—Vámonos, Charlie —Silas está de pie junto a mí, esperando.

Amy y su novio nos miran desde el otro lado de la mesa. Es una mesa grande. Me pregunto quién más vendrá a unírseles y cuántas de esas personas me odian.

Salimos del restaurante y regresamos a la calle. Silas se aclara la garganta.

—Tuve una pelea.

—Lo escuché —indico—. ¿Te dijeron con quién fue?

—Sí.

Espero y, como no me da la información, pregunto.

—¿Y…?

—Golpeé al propietario en la cara. Al padre de Brian.

Giro la cabeza.

—¿Qué demonios?

—Sí —dice. Se frota la rala barba de su quijada, pensativo—. Porque dijo algo sobre ti…

—¿Sobre mí? —Tengo una sensación pesada en el estómago. Sé que algo viene, pero no sé qué es.

—Me dijo que te iba a dar trabajo como mesera…

«Muy bien, eso no estaría mal. Necesito el dinero».

—Porque tú eras la chica de Brian. Así que lo golpeé, supongo.

—Demonios.

—Sí. Ese tipo, Eller, me hizo ver que debíamos irnos antes de que el papá de Brian llamara a la policía.

—¿La policía? —repito.

—Supongo que el papá de Brian y el mío han trabajado juntos en algunas cosas. Por eso accedió a no presentar cargos, pero se supone que no debo regresar allí. Además, Landon ha estado haciendo llamadas buscándome. Al parecer mi papá está preguntando por qué abandoné la práctica. Todos parecen molestos por eso.

—Ups —respondo.

—Sí, ups —lo dice como si no le importara.

Regresamos por donde vinimos, ambos permanecemos callados. Descubro a unos cuantos artistas callejeros que no vi antes. Dos de ellos parecen pareja. El hombre toca las gaitas mientras la mujer hace dibujos con gises de colores en la banqueta. Pasamos junto a los dibujos con la mirada baja, examinándolos. Silas saca su cámara y toma unas cuantas fotografías mientras miro cómo ella convierte unas cuantas líneas en una pareja besándose.

«Una pareja besándose». Eso me recuerda algo.

—Necesitamos besarnos —le digo. Él casi deja caer su teléfono. Sus ojos son grandes cuando me mira—. Para ver si algo pasa… como en los cuentos de hadas de los que hablamos.

—Oh —dice—. Sí, seguro. Está bien. ¿Dónde? ¿Ahora?

Levanto los ojos al cielo y me alejo rumbo a una fuente que hay cerca de una iglesia. Silas me sigue. Quiero ver su cara, pero no volteo. Esto es casi como una tarea. No puedo convertirlo en algo más. Es un experimento. Eso es.

Cuando llegamos a la fuente, ambos nos sentamos en la orilla. No quiero hacerlo de esta manera, así que me levanto y me doy vuelta hacia él.

—Está bien —digo, de pie frente a él—. Cierra los ojos.

Lo hace, pero hay una sonrisa en su cara.

—Mantenlos cerrados —lo instruyo. No quiero que él me vea. Apenas sé qué aspecto tengo; no sé si mi cara se contorsiona cuando estoy bajo presión.

Él tiene la cabeza hacia arriba y yo hacia abajo. Pongo mis manos sobre sus hombros y siento las suyas que se levantan hasta mi cintura, mientras me acerca entre sus rodillas. Sus manos se deslizan hacia arriba sin previo aviso, acariciando mi estómago con sus pulgares y luego pasando rápidamente debajo de mi brasier. Mi estómago se contrae.

—Lo siento —dice—. No puedo ver lo que estoy haciendo.

Sonrío y me da gusto que no pueda ver mi reacción.

—Pon tus manos otra vez en mi cintura —ordeno.

Las pone demasiado abajo y ahora sus palmas están en mi trasero. Aprieta un poco; le doy un golpecito en el brazo.

—¿Qué? —se ríe—. ¡No puedo ver!

—Levántalas —advierto.

Las sube un poco más, lentamente. Siento hormiguitas hasta debajo de los dedos de mis pies.

—Más arriba —digo de nuevo.

Las sube medio centímetro.

—¿Esto es...?

Antes de que pueda terminar la frase, inclino mi cara y lo beso. Él sonríe al principio, todavía entretenido con su jueguito, pero cuando siente mis labios su sonrisa se disuelve.

Su boca es suave. Levanto mis manos hasta su cara y la acuno mientras me aprieta más, envolviendo sus brazos alrededor de mi espalda. Yo estoy arriba y él abajo. Espero darle sólo un beso breve. Eso es todo lo que muestran en los cuentos de hadas: un besito rápido y la maldición se rompe. Para este momento ya deberíamos haber recuperado nuestros recuerdos, si es que esto funciona. El experimento debería terminar, pero ninguno de los dos se detiene.

Besa con labios suaves y lengua firme. No es descuidada o húmeda. Entra y sale de mi boca sensualmente mientras sus labios chupan con suavidad los míos. Subo los dedos por su cuello y su pelo, y es en ese momento cuando él se levanta, forzándome a dar un paso atrás y cambiar de posición. Logro ocultar mi jadeo de buena manera.

Ahora invertimos los papeles, él me besa desde arriba y yo desde abajo. Me mantiene pegada a él rodeando mi cintura con un brazo y la mano que tiene libre sujeta mi cuello. Me aferro mareada a su camisa. Labios suaves, arrastrando…, lengua entre mis labios…, presión en mi espalda… Hay algo entre nosotros que me hace sentir una explosión de calor. Me aparto, resoplando.

Nos quedamos ahí, estáticos. Lo miro; me mira.

Algo ha sucedido. No son nuestros recuerdos que han despertado, sino algo más que nos hace sentir borrachos.

Lo percibo mientras estoy de pie allí, esperando que él me bese de nuevo, que es exactamente lo que no necesito que pase. Vamos a querer más del nuevo nosotros y dejaremos de concentrarnos en nuestra misión.

Desliza una mano hacia abajo por su cara, como para recuperar la sobriedad. Sonríe.

—No me importa cómo fue nuestro primer beso —dice—. Este es el que quiero recordar.

Miro su sonrisa el tiempo suficiente para recordarla, y luego me doy la vuelta y me alejo caminando rápido.

—¡Charlie! —grita.

Lo ignoro y sigo caminando. Eso fue estúpido. ¿Qué estaba pensando? Un beso no iba a devolvernos los recuerdos. Esto no es un cuento de hadas.

Me sujeta del brazo.

—Hey. Más lento. —Y luego—. ¿Qué estás pensando?

Sigo caminando por donde estoy segura que llegamos.

—Pienso que necesito regresar a casa. Tengo que asegurarme de que Janette haya cenado algo… y…

—Acerca de nosotros, Charlie.

Puedo sentir su mirada.

—No hay «nosotros» —digo. Le regreso la mirada—.

¿No has oído? Obviamente habíamos terminado y yo estaba saliendo con Brian. Su papá me iba a dar trabajo. Yo...

—Éramos una pareja, Charlie. Y, por Dios, puedo imaginarme por qué.

Sacudo la cabeza. «No podemos perder la concentración».

—Ese fue tu primer beso —digo—. No puedes saber si así se siente con otras personas o no.

—¿De modo que también lo sentiste así? —pregunta, corriendo hasta pararse delante de mí.

Pienso decirle la verdad. Que si estuviera muerta como Blanca Nieves y él me besara así, mi corazón regresaría a la vida. Que sería yo quien mataría dragones por ese beso.

Pero no tenemos tiempo para besarnos. Necesitamos descubrir qué pasó y cómo revertirlo.

—Yo no sentí nada —miento—. Sólo fue un beso y no funcionó —«Una mentira que quema mis entrañas de forma tan horrible»—. Me tengo que ir.

—Charlie...

—Te veo mañana. —Levanto una mano sobre mi cabeza y la agito, porque no quiero voltear y mirarlo. Tengo miedo. Quiero estar con él, pero no es una buena idea. No hasta que entendamos más sobre lo que nos pasa. Creo que él me va a seguir, así que detengo un taxi con una seña. Abro la puerta y miro atrás a Silas para que sepa que estoy bien. Él asiente y luego levanta su teléfono para tomarme una foto. Probablemente está pensando: «La primera vez que me deja». Luego entierra sus manos en los bolsillos y se da la vuelta en dirección de su carro.

Espero hasta que pasa junto a la fuente para inclinarme y dirigirme al conductor.

—Lo siento, cambié de opinión. —Azoto la puerta y regreso a la acera. De todos modos no tengo dinero para el taxi. Regresaré al restaurante y le pediré un aventón a Amy.

El taxista arranca y yo me escabullo por una calle paralela para que Silas no me vea. Necesito estar sola. Necesito pensar.

Otra noche de porquería. Esta vez mi falta de sueño no fue porque estuviera preocupado por mí, ni siquiera por lo que ha provocado que Charlie y yo perdamos nuestros recuerdos. Mi falta de sueño fue estrictamente porque tenía dos cosas en mente: el beso y la reacción de Charlie ante ello.

No sé por qué se alejó, por qué prefirió tomar un taxi en lugar de que yo la llevara a su casa. Puedo decir, por la manera en que me besó, que sintió lo mismo que yo. Por supuesto que no fue como los besos de los cuentos de hadas que pueden acabar con una maldición, pero no creo que ninguno de los dos lo esperara realmente. No estoy seguro de que tuviéramos expectativas para el beso... sólo un poco de esperanza.

Lo que ciertamente no era parte del plan fue que todo lo demás tomara un lugar secundario una vez que sus labios se presionaron contra los míos. Pero eso es exactamente lo que sucedió. Dejé de pensar en por qué nos estábamos besando y todo lo que habíamos pasado ese día. En lo único que me concentraba era en cómo ella apretaba mi camisa con sus puños, acercándome, deseando más. Podía escuchar los pequeños jadeos que emitía entre besos, cuando aspiraba aire con desesperación, porque en cuanto nuestras bocas se unieron, ambos nos quedamos sin respiración. Y aunque dejó de besarme y se apartó, pude ver la expresión confundida en su cara y la manera en que sus ojos siguieron analizando mi boca.

Sin embargo, a pesar de todo, se dio la vuelta y se alejó. Pero, si he aprendido algo de Charlie en estos últimos dos días, es que hay una razón para todo movimiento que hace. Y suele ser una buena razón, por eso no traté de detenerla.

Mi teléfono hace ruido, es un mensaje. Casi me caigo mientras salgo con dificultad de la ducha para verlo. No sé de ella desde que nos separamos anoche, y mentiría al decir que no empezaba a preocuparme.

La esperanza me abandona cuando veo que el mensaje no es de Charlie. Es del tipo con el que hablé en el restaurante anoche, Eller.

Eller
Amy quiere saber si Charlie se fue contigo a la escuela. No está en casa.

Cierro la llave del agua, a pesar de que no me he enjuagado. Agarro una toalla con una mano y respondo con la otra.

En cuanto envío el mensaje, marco el número de Charlie y activo el altavoz, dejo el teléfono sobre el lavabo. Ya
estoy vestido cuando se activa el buzón de voz.

—Mierda —murmuro mientras termino la llamada.
Abro la puerta y sólo me quedo en mi recámara el tiempo
suficiente para ponerme los zapatos y agarrar mis llaves.
Bajo las escaleras, pero me congelo antes de llegar a la
puerta.

Hay una mujer en la cocina y no es Ezra.

—¿Mamá?

La palabra sale de mi boca antes de ser consciente
siquiera de que estoy hablando. Ella se da la vuelta y,
aunque sólo la reconozco por las fotografías en la pared,
creo que podría sentir algo. No sé lo que es. No es amor ni
reconocimiento. Sólo estoy embargado por una sensación
de calma.

No, es alivio. Eso es lo que siento.

—Hola, cariño —dice ella con una sonrisa brillante
que llega hasta el rabillo de sus ojos. Está preparando el
desayuno (o tal vez está limpiando después de haber terminado de prepararlo)—. ¿Viste el correo que puse en tu
tocador ayer? ¿Y cómo te sientes?

Landon se parece más a ella que yo. Sus barbillas son
suaves. La mía es dura, como la de mi padre. Landon tam-

bién tiene algo de su porte. Como si la vida hubiera sido buena con ellos.

Mi madre ladea la cabeza y luego acorta la distancia entre nosotros.

—Silas, ¿te sientes bien?

Doy un paso atrás cuando ella trata de tocar mi frente con su mano.

—Estoy bien.

Se lleva la mano al pecho como si la hubiera ofendido al retroceder.

—Oh —dice ella—. Está bien. Ya faltaste a la escuela esta semana y tienes juego esta noche. —Regresa a la cocina—. No debes quedarte afuera hasta tarde cuando estás enfermo.

Miro la parte de atrás de su cabeza, preguntándome por qué diría eso. Es la primera vez que la veo desde que todo esto empezó. Ezra o mi padre debieron decirle que Charlie estuvo aquí.

Me pregunto si eso le habrá molestado. Quisiera saber si ella y mi padre comparten la misma opinión de Charlie.

—Me siento bien ahora —replico—. Estuve con Charlie anoche, por eso llegué tarde a casa.

Ella no reacciona ante mi provocación. Ni siquiera me mira. Espero unos segundos más para ver si va a responder. Cuando no lo hace, me dirijo a la puerta.

Landon ya está en el asiento de adelante cuando llego al carro. Abro la puerta de atrás y aviento mi mochila adentro. Cuando me dispongo a sentarme en el asiento del conductor, mi hermano estira su mano hacia mí.

—Esto estaba sonando. Lo encontré debajo del asiento.

Tomo el teléfono de sus manos. Es de Charlie.

—¿Dejó el teléfono en mi carro?

Landon se encoge de hombros. Miro la pantalla y hay varias llamadas perdidas y mensajes. Veo el nombre de Brian, junto con el de Amy. Trato de abrirlos, pero me pide una contraseña.

—Entra en el maldito carro, ¡ya se nos hizo tarde! —reclama Landon.

Me subo y coloco el teléfono de Charlie sobre la consola mientras me echo en reversa. Cuando lo vuelvo a tomar para tratar de descifrar la contraseña, Landon me lo arrebata de las manos.

—¿No aprendiste nada de tu choque del año pasado? —Lanza el aparato de regreso a la consola.

Me siento intranquilo. No me gusta que Charlie no tenga su teléfono. No me gusta que no fuera a la escuela con Amy. Si ya se había ido de su casa cuando Amy llegó, ¿quién la llevó a la escuela? No estoy seguro de cómo reaccionaré si descubro que Brian le dio un aventón.

—Pregunto esto de la manera más agradable posible —dice Landon. Lo miro de reojo: una expresión cautelosa inunda su rostro—. Pero… ¿Charlie está embarazada?

Piso el freno. Por fortuna, delante de nosotros se acaba de poner un semáforo en rojo, así que mi reacción parece intencional.

—¿Embarazada? ¿Por qué? ¿Por qué preguntas eso? ¿Alguien te lo dijo?

Landon niega con la cabeza.

—No, es sólo… No lo sé. Estoy tratando de imaginarme qué demonios pasa contigo y esa parece la única respuesta justificable.

—Falté a la práctica ayer ¿y entonces tú supones que es porque Charlie está embarazada?

Landon ríe en voz baja.

—Es más que sólo eso, Silas. Es todo. Tu pelea con Brian, las prácticas a las que has faltado toda la semana, tu salida de la escuela a mediodía del lunes, tu ausencia todo el martes, la mitad del miércoles. Tú no hacías nada de eso.

«¿Dejé la escuela esta semana?».

—Además, tú y Charlie han estado actuando de modo extraño cuando están juntos. Es como si fueran otros. Se te olvidó recogerme después de la escuela, te quedaste fuera después de la hora de llegada entre semana. Te has estado comportando muy raro esta semana, y no sé si pretendes decirme qué demonios está pasando, pero de verdad está empezando a preocuparme.

Miro cómo sus ojos se llenan de decepción.

Éramos cercanos. Definitivamente es un buen hermano; me doy cuenta. Solía conocer todos mis secretos, mis pensamientos. Me pregunto si en estos viajes de ida y vuelta a la escuela era cuando normalmente compartíamos intimidades. En caso de que le contara lo que en realidad estoy pensando… ¿me creería?

—La luz verde —indica, mirando al frente.

Empiezo a conducir de nuevo, pero no comparto ninguno de mis secretos con él. No sé qué decir o cómo siquiera podría empezar a contarle la verdad. Tan sólo sé que no quiero mentirle porque no parece alguien a quien el viejo Silas engañaría.

Cuando me detengo en el estacionamiento, abre la puerta y sale.

—Landon —exclamo antes de que cierre la puerta. Se inclina y me ve a los ojos—. Lo siento. Tan sólo estoy tomándome una semana de descanso.

Asiente pensativo y dirige su atención hacia la escuela. Saca y mete la quijada y me mira a los ojos de nuevo.

—Espero que tu semana de descanso termine antes del juego de esta noche —dice—. Tienes ahora a un montón de compañeros de equipo enojados.

Azota la puerta y empieza a caminar en dirección a la escuela. Agarro el teléfono de Charlie y me dirijo al interior.

No la encontré en los corredores, así que fui a mis primeras dos clases. Ahora me dirijo a la tercera, sin tener noticias de ella. Estoy seguro de que sólo se quedó dormida y que la veré cuando tengamos clase juntos en la cuarta hora. Pero, aun así, algo no parece estar bien. Se siente como si todo estuviera fuera de lugar.

Tal vez únicamente me está evitando, pero no parece algo que ella haría. No se apartaría de su camino para insinuarme que no desea hablar conmigo. Me lo diría a la cara.

Voy a mi casillero para buscar mi libro de matemáticas. Revisaría el suyo para ver si faltan sus libros, pero no conozco su combinación. Estaba escrita en su horario y se lo di ayer.

—¡Silas!

Me volteo para ver que Andrew está abriéndose paso entre la multitud como un pez que nada contra la corriente. Finalmente se da por vencido y grita:

—¡Janette quiere que la llames! —Se da la vuelta y camina de nuevo en la dirección opuesta.

Janette... Janette... Janette...

«¡La hermana de Charlie!».

Encuentro su nombre en los contactos de mi teléfono. Contesta al primer timbrazo.

—¿Silas? —pregunta.

—Sí, soy yo.

—¿Está Charlie contigo?

Cierro los ojos, siento que el pánico empieza a invadir el hueco de mi estómago.

—No —respondo—. ¿No regresó a casa anoche?

—No —dice Janette—. Normalmente no me preocuparía, pero suele decirme si no va a llegar a casa. No me llamó y ahora no responde mis mensajes.

—Yo tengo su teléfono.

—¿Por qué tienes su teléfono?

—Lo dejó en mi carro —me excuso. Cierro mi casillero y empiezo a dirigirme a la salida—. Discutimos anoche y ella tomó un taxi. Pensé que había ido directo a casa.

Dejo de hablar cuando lo comprendo todo. No tenía dinero para almorzar ayer... lo que significa que no tendría para pagar el taxi anoche.

—Estoy saliendo de la escuela —le digo a Janette—. La voy a encontrar.

Cuelgo antes de darle oportunidad de responder. Corro por el pasillo hacia la puerta que lleva al estacionamiento, pero en cuanto doy vuelta en la esquina, me detengo de golpe.

«Avril».

Mierda. Ahora no es el momento para esto. Trato de hundir la cabeza y pasar desapercibido a su lado, pero me toma por la manga de mi camisa. Me detengo y la encaro.

—Avril, en este momento no puedo. —Señalo hacia la salida—. Necesito irme. Es una emergencia.

Me suelta y cruza los brazos sobre su pecho.

—No te apareciste ayer a la hora del almuerzo. Pensé que tal vez se te había hecho tarde, pero cuando revisé en la cafetería, estabas allí. Con ella.

Dios mío, no tengo tiempo para esto. En realidad, pienso que mejor me evitaré cualquier problema futuro y aprovecharé para terminar esto ahora mismo.

Suspiro y me paso una mano por el pelo.

—Sí —digo—. Charlie y yo... decidimos arreglar las cosas.

Avril ladea la cabeza y me lanza una mirada de incredulidad.

—No, Silas. Eso no es lo que quieres y en definitiva no va a funcionar para mí.

Echo una mirada a la izquierda, hasta el fondo del corredor, y luego hacia la derecha. Cuando veo que no hay nadie alrededor, doy un paso hacia ella.

—Escuche, señorita Ashley —sentencio, esforzándome por dirigirme a ella de manera profesional. La miro directamente a los ojos—. No creo que usted esté en posición de decirme cómo van a ser las cosas entre nosotros.

Sus ojos se entornan de inmediato. Se queda parada en silencio varios segundos, como esperando que yo me ría y le diga que tan sólo es una broma. Cuando no vacilo, resopla y me empuja por el pecho con las manos, apartándome de su camino. El golpeteo de sus tacones altos desaparece mientras corro de prisa para alejarme de ella... hacia la salida.

Es la tercera vez que toco en la puerta del frente de casa de Charlie, cuando finalmente se abre por completo. Su madre está parada frente a mí. El pelo revuelto, los ojos furiosos. Es como si hubiera empezado a vomitar odio desde el momento en que notó que yo estaba parado allí.

—¿Qué quieres? —escupe.

Trato de mirar detrás de ella para ver dentro de la casa. Ella se mueve para bloquear mi visión, así que señalo sobre su hombro.

—Necesito hablar con Charlie. ¿Está aquí?

Su madre da un paso fuera y cierra la puerta para que no pueda ver el interior en absoluto.

—No es asunto tuyo —sisea—. ¡Lárgate de mi propiedad!

—¿Está aquí o no?

Cruza los brazos sobre su pecho.

—Si no te quitas del camino de entrada en cinco segundos, voy a llamar a la policía.

Levanto las manos en un gesto de derrota.

—Estoy preocupado por su hija —gimoteo—, por favor, haga a un lado el enojo por un minuto y dígame si está adentro.

Da dos pasos rápidos hacia mí y clava un dedo en mi pecho.

—¡No te atrevas a levantarme la voz!

«Dios mío».

La hago a un lado y abro la puerta de una patada. Lo primero que noto es el olor. El aire está estancado. Una gruesa niebla de humo de cigarro llena el aire y asalta mis pulmones. Contengo el aliento mientras me abro paso por la sala. Hay una botella de whiskey abierta en la barra, junto a un vaso vacío. El correo está disperso sobre la mesa (parece que es de más de una semana). Es como si esta mujer ni siquiera se preocupara de abrir alguna carta. El sobre que se encuentra arriba de la pila está dirigido a Charlie.

Me muevo para levantarlo, pero escucho a la mujer siguiendo mis pasos. Recorro el pasillo y veo dos puertas a mi derecha y una a mi izquierda. Empujo la puerta de la izquierda, justo cuando la madre de Charlie empieza a gritar detrás de mí. La ignoro y entro en la recámara.

—¡Charlie! —grito. Paso la vista por el cuarto, consciente de que no se encuentra aquí, pero tengo la esperanza de estar equivocado. Si no está aquí, no sé dónde más buscar. No recuerdo ningún sitio que soliéramos visitar.

Pero tampoco Charlie, supongo.

—¡Silas! —Su madre vocifera desde la puerta de la recámara—. ¡Vete de aquí! ¡Voy a llamar a la policía!

Desaparece de la puerta, probablemente para tomar el teléfono. Sigo mi búsqueda de… Ni siquiera sé de qué. Charlie obviamente no está aquí, pero de todos modos sigo hurgando, esperando encontrar algo que sirva de ayuda.

Sé cuál es el lado de Charlie de la recámara por la foto de la puerta sobre su cabecera. La que dice que yo tomé.

Busco pistas alrededor, pero no encuentro nada. Recuerdo que ella mencionó algo sobre un ático en su clóset, así que reviso este último. Hay un pequeño agujero en la parte superior. Parece como si usara las repisas como escalones.

—¡Charlie! —grito.

Nada.

—¿Charlie, estás allá arriba?

Justo cuando me dispongo a probar si la repisa inferior es lo bastante sólida para soportar mi pie, algo se estrella contra mi nuca. Me doy la vuelta, pero de inmediato me agacho cuando veo que un plato vuela desde la mano de la mujer. Se estrella contra la pared, junto a mi cabeza.

—¡Fuera! —grita. Está buscando más cosas para lanzarme, así que levanto las manos para mostrar que me rindo.

—Me voy —le digo—. ¡Ya me voy!

Ella se aparta de la puerta para dejarme pasar. Sigue pegando de alaridos mientras me abro paso por el vestíbulo. Mientras camino hacia la puerta, tomo de la barra la carta dirigida a Charlie. Ni siquiera me molesto en decir a su madre que le avise que me llame si llega a casa.

Entro en el auto y me echo en reversa hacia la calle.

«¿Dónde demonios está?».

Espero hasta alejarme unos kilómetros y entonces me detengo para revisar de nuevo su teléfono. Landon mencionó que lo escuchó sonar debajo del asiento, así que me inclino y estiro mi mano. Saco una lata de refresco vacía, un zapato y, finalmente, su cartera. La abro y la reviso, pero no encuentro una sola cosa que no conozca.

Ella está en algún lugar allá fuera, sin su teléfono ni su cartera. No se sabe ningún número de memoria. Si no vino a casa, ¿adónde habrá ido?

Golpeo el volante.

—¡Maldita sea, Silas!

Nunca debí permitir que se fuera sola.

Todo esto es mi culpa.

Mi teléfono recibe un mensaje. Es Landon, que me pregunta por qué me fui de la escuela.

Dejo el teléfono de nuevo sobre el asiento y observo la carta que tomé de casa de Charlie. No hay dirección de remitente. La fecha del matasellos en la esquina superior es del martes (un día antes de que todo esto comenzara).

Abro el sobre y encuentro varias páginas en el interior, dobladas juntas. A lo largo del frente dice: «Ábrase de inmediato».

Desdoblo las páginas y mis ojos caen instantáneamente sobre los dos nombres escritos en la parte superior de la página.

Charlie y Silas,

«¿Está dirigida a nosotros dos?». Sigo leyendo.

Si no saben por qué están leyendo esto, entonces han olvidado todo. No reconocen a nadie, ni siquiera a ustedes mismos.
Por favor, no se espanten y lean esta carta de principio a fin. Compartiremos todo lo que sabemos, que por ahora no es mucho.

«¿Qué demonios?». Mis manos empiezan a temblar mientras sigo leyendo.

No estamos seguros de lo que pasó, pero te-
memos que, si no lo escribimos, podría suceder de nuevo. Al menos con todo anotado y en
más de un lugar, estaremos más preparados
si sucede de nuevo.
En las siguientes páginas encontrarán toda
la información que poseemos. Tal vez ayudará de alguna manera.

Charlie y Silas

Miro los nombres en la parte inferior de la hoja, hasta
que mi visión se vuelve borrosa.

Miro los nombres en la parte superior una vez más.
«Charlie y Silas».

Miro los nombres en la parte de abajo. «Charlie y
Silas».

¿Nosotros mismos nos escribimos una carta?

No tiene sentido. Si nosotros mismos nos mandamos
esta carta…

De inmediato doy vuelta a las páginas siguientes. Las
primeras dos son de cosas que ya sé. Nuestras direccio-
nes, nuestros números de teléfono. Adónde vamos a la
escuela, cuáles son nuestras clases, los nombres de nuestros hermanos y nuestros padres. Lo leo lo más rápido posible.

Las manos me tiemblan tanto al llegar a la tercera página
que apenas puedo leer. Coloco la hoja sobre mis piernas
para continuar. Es información más personal: una lista de

cosas que hemos descubierto el uno del otro, nuestra relación, cuánto tiempo llevamos juntos. La carta menciona el nombre de Brian como alguien que le envía mensajes de texto a Charlie. Me salto toda la información familiar hasta que llego cerca del final de la tercera página.

Los primeros recuerdos que cualquiera de nosotros tiene son del sábado 4 de octubre, alrededor de las once de la mañana. Hoy es domingo 5 de octubre. Vamos a hacer una copia de esta carta para nosotros, también enviaremos copias por correo, tan sólo para estar seguros.

Doy vuelta a la cuarta página fechada el martes 7 de octubre.

Volvió a suceder. Esta vez durante la clase de historia el lunes 6 de octubre. Al parecer, ha sucedido a la misma hora del día, cuarenta y ocho horas después. No tenemos nada nuevo que agregar a la carta. Ambos hicimos nuestro mejor esfuerzo para permanecer alejados de amigos y familiares los días pasados, fingiendo enfermedad. Nos hemos estado llamando para darnos cualquier información que descubrimos, pero hasta ahora parece que ha sucedido dos veces. La primera el sábado y la segunda el lunes. Desearíamos tener más información, pero aún nos sentimos un poco asustados de que esto siga sucediendo y no estamos seguros de qué hacer al respecto. Haremos lo que hicimos la última vez y enviaremos copias de esta carta a nosotros mismos. Además hay una copia en la guantera del carro de Silas. Ese fue el primer lugar en que buscamos esta vez, así que hay posibilidades de que busquen allí de nuevo.

Nunca revisé la guantera.

Conservaremos las cartas originales en algún lugar seguro para que nadie las encuentre. Tenemos miedo de que si alguien las ve o si alguien sospecha algo, pensarán que nos estamos volviendo locos. Todo estará en una caja en la parte de atrás de la tercera repisa del clóset de Silas. Si este patrón continúa, hay posibilidades de que vuelva a suceder el miércoles a la misma hora. En caso de que así pase, esta carta debe llegar a ambos ese día.

Miro de nuevo la fecha del matasellos en el sobre. Fue enviada a primera hora del martes. Y el miércoles a las once de la mañana es exactamente cuando esto nos sucedió.

Si descubren cualquier cosa que sirva de ayuda, agréguenlo a la página siguiente y sigan haciéndolo hasta que descubramos cómo empezó esto. Y cómo detenerlo.

Doy vuelta a la última página, pero está en blanco.

Miro el reloj. Son las 10:57 de la mañana. Es viernes. Esto nos sucedió hace casi cuarenta y ocho horas.

Mi pecho está agitado en exceso.

Esto no puede estar sucediendo.

Cuarenta y ocho horas se cumplirán en menos de tres minutos.

Abro la consola y busco una pluma. No encuentro ninguna, así que jalo de un tirón la guantera. Justo arriba hay una copia de la misma carta con mi nombre y el de Charlie en ella. La levanto y hay varias plumas, así que agarro una y aplano la hoja contra el volante.

«Sucedió de nuevo», escribo. Mis manos tiemblan tanto que dejo caer la pluma. La recojo y sigo escribiendo.

A las 11 a.m., del miércoles 8 de octubre, Charlie y yo perdimos nuestros recuerdos por lo que parece ser la tercera vez.

Cosas que hemos aprendido en las últimas cuarenta y ocho horas:

- Nuestros padres trabajaban juntos.

- El padre de Charlie está en prisión.

Escribo lo más rápido posible, tratando de decidir qué temas necesito anotar primero (cuáles son los más importantes, casi se me acaba el tiempo).

- Visitamos a una mujer que lee el tarot en St. Philip Street. Eso valdría la pena verificarlo.

216

- Charlie mencionó a una chica en la escuela (la llamó el Camarón). Dijo que quería hablar con ella.

- Charlie tiene un ático en el clóset de su recámara. Pasa mucho tiempo allí.

Siento como si estuviera desperdiciando el valioso tiempo. Como si no estuviera agregando nada de importancia a esta maldita lista. Si esto es verdad y está a punto de suceder de nuevo, no tendré tiempo de enviar la carta, mucho menos de hacer copias. Espero que si la tengo en mis manos, seré los suficientemente inteligente para leerla y no sólo para hacerla a un lado.

Muerdo la punta de la pluma; trato de concentrarme en lo que debo escribir a continuación.

- Crecimos juntos, pero ahora nuestras familias se odian. No quieren que estemos juntos.

- Silas estaba acostándose con la orientadora, Charlie con Brian Finley. Rompimos con ambos.

- Landon es un buen hermano, probablemente puedes confiar en él si tienes que hacerlo.

No me detengo. Escribo sobre nuestros tatuajes, sobre The Electric Crush Diner, Ezra y todas y cada una de las cosas que puedo recordar de las últimas cuarenta y ocho horas.

Miro el reloj. 10:59.

Charlie no sabe de esta carta. Si todo lo escrito aquí hasta el momento es exacto y esto realmente nos ha estado sucediendo desde el sábado, eso significa que está a punto de olvidar todo lo que aprendió durante las últimas cuarenta y ocho horas. Y no tengo idea de cómo encontrarla. Cómo prevenirle.

Presiono el papel con la pluma de nuevo y escribo una última cosa.

- Charlie subió a un taxi en Bourbon Street anoche y nadie la ha visto desde entonces. Ella no sabe de esta carta. Encuéntrala. Lo primero que necesitas hacer es encontrarla. Por favor.

Continuará...